CAMA DE GATO
HISTÓRIAS DE CAMA DO GATÃO DE MEIA-IDADE

EDITORA GLOBO

Copyright © 2004 do texto e ilustrações by Miguel Paiva.
Copyright © 2004 by Editora Globo S. A. para a presente edição.

Organização e Ilustrações: **Miguel Paiva**
Revisão: **Carla Mello Moreira**
Projeto Gráfico: **Diego Paiva**
1ª **Edição** - 4ª **reimpressão**

Todos os direitos reservados. Nenhuma parte desta edição pode ser utilizada ou reproduzida - por qualquer meio ou forma, seja mecânico ou eletrônico, fotocópia, gravação etc. - nem apropriada ou estocada em sistema de banco de dados, sem a expressa autorização da editora.

EDITORA GLOBO S. A.
Av. Jaguaré, 1485 - São Paulo, SP, Brasil
CEP 05346-902 - Tel.: (11) 3457-1555
e-mail: atendimento@edglobo.com.br
site: www.globolivros.com.br

```
Dados    Internacionais de Catalogação na Publicação    (CIP)
         (Câmara Brasileira do Livro, SP, Brasil)

         Paiva, Miguel
            Cama de gato : histórias de cama do gatão de
         meia-idade / organização e ilustrações Miguel
         Paiva. -- São Paulo : Globo, 2004.

            ISBN 85-250-3869-5

            1. Histórias em quadrinhos - Brasil
         2. Histórias humorísticas 3. Homem-mulher -
         Relacionamento 4. Humorismo brasileiro I. Título.




 04-3271                            CDD-869.97
```

Índice para catálogo sistemático:

1. Histórias humorísticas : Literatura
      brasileira   869.97

CAMA DE GATO

HISTÓRIAS DE CAMA DO GATÃO DE MEIA-IDADE

ORGANIZAÇÃO E ILUSTRAÇÕES
MIGUEL PAIVA

Editora
GLOBO

SUMÁRIO

PREFÁCIO

por Miguel Paiva 9

DORMINDO JUNTO

A Carente	15
A Que Bebe	19
A Que Grita	23
A Perua	27
A Que Come Na Cama	31
A Que Detesta Ar-Condicionado	35
A Que Faz Xixi A Noite Toda	39
A Que Gosta De Discutir	43
A Que Dorme De Janela Aberta	47
A Que Gosta De Muitos Na Cama	51
A Que Gosta De TV	55
A Que Não Dá Lugar Na Cama	59
A Que Não Pára De Se Mexer	63
A Que Tem Mania De Limpeza	67
A Que Sofre Com Rinite Alérgica	71
Outras Tantas	75

ACORDANDO JUNTO

A Atleta	85
A Esquecida	89
A Estressada	93
A Hospitaleira	97
A Que Não Acorda	101
A Que Não Quer Casar e A Que Quer	105
A Que Te Acorda Com Uma Surpresa	109
A Que Te Acorda Com Sexo	113
A Que Te Acorda De Modo Familiar	119
A Que Te Acorda Para Conversar	123
A Que Te Culpa Pelos Pesadelos	127
A Que Você Não Conhece	131

DORMINDO EM LUGARES ESTRANHOS

Na Casa Da Mamãe	139
Na Praia	143
No Carro	149
No Ônibus	153
Numa Barraca	157
Com Um Homem	161

Prefácio

Dormir junto talvez seja o momento mais delicado de uma relação amorosa. É, sem dúvida, o momento de maior intimidade na vida de um casal, excetuando-se, é claro, a hora de ir ao banheiro. Dizem os teóricos da vida moderna que para morar junto o casal precisa manter algumas coisas separadas: cama e banheiro. Um quarto para cada um e, sobretudo, um banheiro particular é o primeiro passo para preservar a relação, ou sendo mais realista, para impedir que ela se acabe tão rápido. Mesmo casais que gostam de dormir junto devem preservar seus espaços privados para o caso de uma pane no relacionamento ou alguma indisposição, mesmo física, que impeça os dois corpinhos de dormir abraçadinhos. Aliás, falando em dormir abraçadinho, essa é uma categoria que mesmo os defensores do "dormir junto" às vezes contestam. O hábito secular de dividir a mesma cama entre os casais não pressupõe gostar de ficar juntinho. Casais dormem juntos porque a instituição do casamento de papel passado ou amassado assim determina. Aí então, uns gostam, outros não, mas dormir abraçado chega a ser até uma deformação amorosa que poucos entendem. Ir pra cama juntos com a intenção de dormir ou transar está dentro das previsões. Os casais mais jovens ou mais novos na relação aproveitam esse momento para variar nas suas improvisações sobre o tema erotismo. Do cafona ao explícito, vale tudo. Se não fosse assim camisolas transparentes de cor fúcsia não seriam jamais vendidas. Até aí tudo normal. O casal se deita, se acaricia, transa, goza quando consegue e depois, beijinhos de boa-noite compartilhados, cada um vira para um lado, mesmo que ainda sob efeito de alguns movimentos carinhosos e cafunés, mas dali a 4 minutos estão dormindo o mais afastado e profundamente possível. Alguns involuntariamente ainda trocam carícias noturnas com os pés ou com alguma mão boba estimulada por um sonho erótico. Mas, na regra geral, dormir é função individual. Pois, assim mesmo, existem casais que dormem agarradinhos. Nesse caso os dois têm de gostar de ar-condicionado porque, senão, tirando um fim de semana na serra, a temperatura sobe e se torna impossível o contato íntimo.

Relações podem durar uma vida inteira sem que o casal se entenda à perfeição na hora de ir para cama. Meus avós dormiam em quartos separados. Para falar a verdade soube depois que também não se falavam havia mais de 10 anos e continuavam na mesma casa. A dificuldade de se separar começou a diminuir nos últimos anos quando, às vezes, é muito mais sofrido continuar casado.

Mas a cama, território livre de amores lendários e conflitos horrorosos, arena e leito acolhedor, inferno e paraíso de todos nós, acaba sendo, sem dúvida, o elemento mais importante da casa. É verdade que se pode dormir no chão ou na rede, assim como pode-se comer no sofá ou numa lanchonete gordurosa. Mas estamos falando de qualidade de vida e isso inclui cama, mesa, banho e roupa lavada.

PREFÁCIO

Tendo essa preocupação como motivadora das minhas reflexões acabei criando, há mais ou menos dois anos, três séries de quadrinhos do Gatão de Meia-Idade: Dormindo junto, Acordando junto e Dormindo em lugares estranhos. Foi um sucesso, ou seja, as pessoas reagiram muito, concordando ou discordando e, sobretudo, contribuindo com mais exemplos de homens ou mulheres na hora de dormir. Decidi que iria transformar aquilo num livro mais tarde. Desenhado seria difícil, pois a série, apesar de completa, era pequena para se transformar num livro que não precisasse de mais do que 15 minutos para ser lido. Decidi então aprofundar cada história e criar outras tantas inéditas. Foi uma diversão que acabou tendo de ser interrompida à força, por conta dos inúmeros novos casos que iam surgindo na minha cabeça e na cabeça de amigos. Dos eventos da minha vida mudei nomes, alterei enredos, dramatizei ou suavizei certos aspectos em benefício do humor, nunca da verdade. Algumas pessoas podem até se reconhecer, mas será uma reação absolutamente individual e secreta. Outras gostarão de se reconhecer mesmo não tendo acontecido com elas. Espero que este livro estimule os casais, de que raça ou sexo forem, a usar a cama no seu melhor sentido, o horizontal. E foi justamente deitado que pus um ponto final no livro, torcendo para que quem o ler também se lembre de outros tantos casos e possa contribuir para essa grande enciclopédia da vida moderna que vem sendo escrita por todos nós na cama.

Miguel Paiva

A Carente

Dizem que hoje em dia os homens são muito carentes, que estão perdidos diante das transformações que a emancipação feminina causou e, com isso, passaram a exigir muito das mulheres. É aquela velha história do bebê que tem medo de perder a mãe que o alimenta e então a provoca, para ver até que ponto ela é capaz de "abandoná-lo". Só que foram as mulheres que inventaram a carência, principalmente a afetiva. Desde priscas eras que ouvimos vozes femininas murmurando no ouvido de seus parceiros "Amor, quero carinho". É o mote feminino. Mulheres querem carinho, homens querem sexo. Quando as mulheres querem sexo, os homens querem ver futebol na TV. Esse é o resumo antropológico das relações homem-mulher.

Ao contrário do homem, a mulher é muito generosa com o parceiro. Ela se veste para o macho, faz comida para o macho, cuida da casa para o macho, dá para o macho. Às vezes recebe em troca, mas normalmente é por acaso. Daí as mulheres se sentirem injustiçadas em relação aos maridos, que não pensam da mesma maneira. Se você começa a ver o outro à sua maneira imediatamente vem a cobrança, e na proporção das expectativas.

Mulher quer atenção – e uma jóia de vez em quando. Mesmo na hora do sexo, ela quer o parceiro olhando no olho, dizendo coisas no ouvido, elogiando seu corpo e até mesmo sua performance. Ou seja: dá o maior trabalho. Estamos ali, tão empenhados em não falhar em relação a nós mesmos, que fica difícil satisfazer as carências da parceira. As mulheres mais modernas e menos carentes nesse aspecto perceberam que estavam ficando para trás e partiram para o ataque. Passaram a ver o homem como um objeto que tem um pau e sabe trocar pneu. De vez em quando ele até emite uma opinião sensata sobre qual molho colocar na massa. Esse é o mais próximo que conseguem chegar da alma feminina, mesmo sabendo que eles cozinham muito melhor do que as mulheres.

E, já que nem o molho eles acertam, para a mulher apaixonada, dependente e com vontade de ser amada e paparicada feito uma princesinha, sobra uma enorme carência afetiva. Daí para virar uma carência sexual é um passo, da cozinha para o quarto. Quando se chega a ponto da insatisfação sexual, a parceira, durante os tempos de seca ou de frustração, começa a prestar atenção nas outras coisas – e aí é o fim. Junto com as paredes que estão precisando de uma pintura caem por terra todos os sonhos e ilusões de que a vida a dois seria uma maravilha, na qual você poderia saciar todos os seus desejos na cama, na mesa e na sala de estar. Em resumo, a carência é uma merda.

Resta saber se a carente em questão é realmente carente porque desprezada ou porque se imagina desprezada. A diferença é grande e nos dois casos envolve também o homem. Homens também são carentes, mas não percebem. Confundem a carência com exigência e a realização dessas "exigências" como obrigação da parceira, e não manifestação espontânea de afeto. Como as mulheres fantasiam com mais requinte que os homens, acabam criando seu príncipe encantado doméstico e escrevendo no conto de fadas (que ela sonha como vida) tudo o que ele deve fazer.

Nos dias de hoje anda meio difícil ser príncipe, muito mais encantado. Vestida virtualmente de princesa, ela espera o maridinho na ante-sala do paraíso, pronta para subir aos céus ou se transformar em abóbora. O marido, que de príncipe só tem o branco dos olhos, chega ao castelo pronto para desabar. Deixa as tropas do lado de fora e a espada murcha por dentro da braguilha. A nobreza anda hoje em decadência e os castelos dos sonhos estão todos à venda.

Adélia era muito carente. Dormia nos meus braços como um bebê faminto no colo da mão provedora. Quando adormecia, eu não conseguia mais me mexer com medo de acordá-la. Ela depositava em mim todas as esperanças em relação ao gênero masculino. Olhava pra mim e sorvia minhas palavras como se eu carregasse a verdade e a sabedoria. No início aquilo me envaidecia, mas depois de um tempo começou a me assustar. Sabe lá o que é dormir com alguém que acha que você é uma mistura de Rodrigo Santoro, Mel Gibson, Gandhi e Zeca Pagodinho? É muita carga. Sou muito mais o Zeca do que o resto!

Entre deixar a vida me levar e proporcionar para Adélia uma vida de princesa, não há dúvidas de qual caminho escolhi. Depois de algumas noites em que adormeci com torcicolo, desvio na lombar e braços e mãos dormentes para não assustar Adélia, cheguei à conclusão de que, se quisesse outra filha, seria melhor adotar.

E o pior é que também era carente na cama! Trepar tinha de ser um gesto romântico de amor, com direito a perfumes, lingeries bordadas, música suave e um êxtase que nem produzido pela equipe de Senhor dos Anéis eu conseguiria criar. Adélia fazia beicinho, deitava no meu peito e começava a soluçar. Era realmente uma coisa meiga, mas não saciava, aí sim, os meus desejos. Sou carente, sim, e, neste livro, carente de sexo de qualidade, de mulheres com "H" maiúsculo, capazes de virar o homem de cabeça pra baixo, jogá-lo na parede, comê-lo todinho e, depois de gritar no orgasmo, pedir com muita delicadeza, ao pé do ouvido: "Faz de novo, amor?".

A Que Bebe

Pode parecer machismo da minha parte, mas só existe uma coisa pior do que homem que bebe: mulher que bebe. Confesso que até certo ponto a mulher de pilequinho é atraente, e esse estado pode ser um passo importante para acabar na sua cama. Existe até uma mitologia em torno do assunto e, dentro dela, o champagne é uma arma mais eficaz para seduzir uma mulher que os atributos físicos masculinos. Quantos filmes já não vimos com mulheres lindas se entregando a seus amantes embaladas por borbulhantes taças de champagne? Normalmente as cenas paravam por aí, o que evitava a desagradável constatação das conseqüências daquelas taças todas na cabeça daquelas atrizes maravilhosas. E olha que era champagne o que tornava mais charmosas as seqüelas do porre!

Mas não é todo mundo que pode ficar desagradável, insuportável e inconveniente com champagne. As atitudes não diferem em quem bebe champagne ou Fogo Paulista – já o hálito... E é aí que reside o problema, ou melhor, um dos problemas. Como continuar beijando uma mulher com aquele bafo de tigre louco, mesmo que ela esteja disposta a qualquer coisa no campo sexual para satisfazê-lo? Na verdade ela está ali disposta a satisfazer qualquer um, porque a essa altura do campeonato não distingue mais quem é quem. Como você não é um "quem" qualquer, é melhor pensar na questão. Os beijos são fundamentais no processo de sedução e prazer. Sexo sem beijo é como macarrão sem queijo, e beijo com mau hálito é uma tortura a que ninguém precisa se submeter.

Está certo que uma mulher sóbria pode criar dificuldades na hora de levá-la para a cama (sobretudo se ela não quiser), mas isso não deve ser motivo para embebedá-la. Note bem que ainda estamos no campo civilizado da sedução, entre duas pessoas maduras e adultas e em pleno uso do livre-arbítrio. Mas também podemos partir para a hipótese daquela mulher já embriagada, na qual você esbarra no meio da noite e reboca para a cama, num gesto de desespero total. Seria de última (?), mas não podemos desprezar essa possibilidade.

Quatro horas da manhã, a noite desperdiçada entre um coquetel com vinho branco, uma vernissage sem vinho algum e uma rave na qual o mais velho era você – e surge aquela gostosona que freqüenta a praia do Leblon com uma tanguinha indecente, que não tem vergonha nem das gorduras excedentes nem dos olhares impertinentes. Mesmo que ela aterrisse na sua mesa usando o bafo como freio motor pode ser uma boa idéia, mas certamente não é. E digo isso de cadeira: eu na cadeira e Isolda no chão, totalmente de porre.

No começo não parecia que ia acabar assim. Vi que Isolda tinha bebido, mas achei que era uma coisa normal, um fim de noite de sábado, uma pizza gordurosa para fechar a cortina antes de tomar o rumo de casa. Tomar o rumo acompanhado é muito melhor. Quando sentou à minha mesa, Isolda estava bem, me reconheceu e não roubou nenhum pedaço da minha pizza. Pediu um chope e sorriu com um olho em mim e outro em algum ponto entre o Leblon e a quinta dimensão. Como eu também vinha de uma noite infrutífera, cheia de homens desagradáveis e mulheres que não dão a melhor pelota pra você, comecei a reparar melhor em Isolda. É bom notar que todo mundo depois das quatro da manhã fica com o mesmo padrão de cores e sintonia, ou seja, meio fora de foco. Isolda tinha seios fartos e naturais, como poucas brasileiras têm. O resto do corpo não ficava à altura, mas, naquela ocasião, quem se importava? Era cadeiruda (aí sim, como todas as brasileiras), coxuda e baixinha. A gostosa mignon, aquela que você come como um bombom. Naquela hora, bombom era a última coisa que eu desejaria comer e talvez tenha sido por isso que Isolda não me desceu bem.

Era difícil resistir àqueles seios olhando para mim, apontando seus faróis altos na minha direção, naquela estrada escura até a minha casa. Parecia óbvio que acabaríamos na cama depois de tantas insinuações, olhares e passadas de mão, mas, àquela altura do campeonato, não sabíamos mais o que queríamos de verdade: sexo ou chope? Na dúvida, continuávamos a beber. Enquanto eu pedia um, Isolda matava dois. Confesso que estava divertido e, ali, naquele clima, eu não conseguia mais distinguir as nuances do comportamento dela. Não sabia se estava trocando as letras, se conseguia fazer um quatro com as pernas nem se seria capaz de ficar de quatro na cama. As histórias que ela contava eram divertidíssimas, até que nos vimos nus, na minha casa, dando risada.

Foi o último momento alegre da noite. Depois disso Isolda vomitou na cama, gritou pela janela que estava sendo violentada, jogou meus CDs pela janela e bateu na porta do vizinho pedindo uma garrafa de conhaque. E eu, totalmente inutilizado para o sexo, me vi também impotente para impedir Isolda de um vexame maior. Pedi desculpas, fechei a janela, tentei fazer um café e consegui juntar os pés com a cabeça de Isolda num sofá. De manhã, quando acordei, ela ainda estava lá, na mesma posição. Antes de sair de casa deixei um bilhete, agradecendo e pedindo desculpas, como se aquela casa fosse dela. Imaginei que ela acordaria, leria o bilhete e iria embora com pena de mim: "Coitado, bebeu tanto que nem sabia mais onde estava".

A Que Grita

Em uma época da minha vida, quando morei em um edifício enorme e com muitos apartamentos, ouvia gritos a noite toda. Na área comum, que era formada pelos quartos, o som se expandia como num túnel, entrando pelos ouvidos dos insones. Ouvia sobretudo gritos de sexo. Mulheres gozando, homens falando um monte de cafajestadas para elas e, algumas vezes, elas também respondendo à altura. Ouvia principalmente uma que gritava para os vizinhos do prédio e do bairro o quanto ela gostava de... , bem, digamos que a moça apreciava os prazeres de Sodoma, ou o sexo anal. Eu não conseguia descobrir nem quem era ela nem quem era ele, e nem se era sempre o mesmo "ele". O mesmo "ela" era, porque não é todo dia que se encontra um homem que coma toda dia uma mulher diferente e que goste tanto de sexo anal.

Sua voz era inconfundível, apesar das palavras confusas que gritava na hora do orgasmo. Evocava santos, entidades, demônios e outros seres que não conseguia distinguir. O homem era silencioso, e imagino que a concentração extrema que aquele momento exigia o impedia de qualquer divagação mais poética. Vários autores já dedicaram páginas e páginas para transformar o sempre proibido sexo anal num ato quase romântico. Poços foram escritos sobre os gritos e aqueles que eu ouvia quase toda a noite me impressionavam: primeiro porque aquela moça devia ter uma resistência física fora do comum e, depois, porque sua preferência por esse tipo de orgasmo a transformava no objeto do desejo de toda a vizinhança. Correu até um "bolão" no prédio para adivinhar quem era. Ganhou a vizinha de porta, porque não conseguia dormir enquanto a moça não gozava. Justiça foi feita e finalmente soubemos quem era. Era um avião – ou um hidromotor, porque com aquela estrutura poderia aterrissar em qualquer mar revolto.

Compreendia-se agora sua predileção, mas o que mais me impressionava nela não era seu gosto sexual e sim seu prazer em gritar. Talvez ela nem se desse conta, porque passava pela portaria do prédio como a pessoa mais discreta do mundo. Era a Maria Callas do sexo anal, não com a mesma voz, mas com o mesmo alcance.

Descobri que Julinha gostava de gritar na primeira vez que transamos – quer dizer, na segunda, porque na primeira achei que ela estava tendo um troço, um ataque, uma dor muito grande que eu ou alguma coisa havia produzido. Ela gritava tanto que bloqueei completamente meu processo de ejaculação. Como bom cavalheiro estava no controle da situação até que ela começasse a gozar, aí eu liberaria o processo para gozar também. Quando estava ali bem concentrado, curtindo cada detalhe daquele momento em que parece que a represa não vai suportar tanta pressão, mas resiste, neste exato momento Julinha começou a gritar feito louca. Primeiro, quase gozei assim, no impulso. Consegui segurar, mas Julinha não me deixava parar. Continuava me puxando contra ela e em seguida abria os braços, arqueava o corpo para o alto, batia a cabeça e gritava, gritava muito.

Depois que não gozei, brochei. Me assustei e saí de dentro de Julinha, mas aí já era tarde. O processo de orgasmo dela havia começado e eu não sabia. Primeiro achei que alguma coisa a estava machucando. Procurei aflito por algum dedo preso em algum lugar, um pé torcido, um corte involuntário e nada. Bati em seu rosto tentando trazê-la de volta, mas ela estava mesmo é na dela, em outra dimensão, e eu nem podia imaginar ter sido o responsável. Sofria com o fato de ter causado algum problema se nem imaginar que aquilo era prazer. Tentei calar a boca da moça preocupado com os vizinhos e também com ela. Sua jugular parecia que ia explodir. E ela dizia coisas incríveis (de Meu Deus do Céu a Godzilla!), pulando na cama, rodando os olhinhos saltados e passando a língua nos lábios. De repente, Julinha parou de gritar. Respirou fundo com um sorriso indescritível nos lábios e os olhos fechados, esticou os braços e, intuitivamente - mas nem tanto -, se enroscou no meu pescoço. Puxou-me para seu lado e aninhou seu corpo no meu, como se estivesse se agarrando a um salva-vidas depois de um naufrágio.

"Nossa, você foi demais, cara! Entrei numas assim de paixão, afeto, ternura, entendeu? Fui à lua e voltei."

"Achei que você tinha ido ao inferno de tanto que você gritou."

"Eu gritei? Imagine, amor. Apenas gozei assim de um jeito doce e suave. Você é uma gracinha."

"Estava me sentido o Jason. Ainda bem que você voltou."

"Vamos fazer de novo? Foi tão gostoso..."

Evidentemente que recusei a proposta – e fiz bem. No dia seguinte recebi uma carta com registro em cartório do síndico do meu edifício, e o assunto não era mais o bolão para acertar quem era a louca que gritava. Graças a Deus, mas em compensação, um edifício de três andares num bairro residencial não está habituado a ouvir gritos assim no meio da noite. Briga de marido e mulher pode e ninguém mete a colher, mas sexo, prazer e orgasmo ofendem. A carta me ameaçava de despejo. Preferi despejar Julinha da minha vida, porque, afinal, com tanta pirotecnia e efeitos sonoros, quem gozava era ela. Eu, no máximo, funcionava como engenheiro de som.

A Perua

Peruas não dormem: elas entram em estado de graça, um "estado de graça" que custa uma fortuna. O dormir de uma perua começa ao despertar. Dependendo de como e quando ela acorda, seu sono à noite será mais ou menos importante. A contagem regressiva começa ao abrir os olhos. Não deixa de ser uma maneira filosófica de encarar o sono – só que com muita maquiagem.

O dia de uma perua tem tudo a ver com a noite. Ela evita dormir cedo, pois é à noite que as peruas se encontram com os gatões. À tarde elas aquecem os motores entre elas mesmas, conferem suas agendas e figurinos, e à noite disputam num corpinho a corpinho quem será a eleita pelos homens e a desfeita pelas mulheres. Já dizia a Radical Chic: "Homem é *voyeur*, mulher é *destroyer*". É verdade. As mulheres se vestem para os homens, com um olho na mulher ao lado.

A perua também se produz para dormir e a produção é tão ou mais complicada que a do dia. O ritual começa com a arrumação do quarto. Elas têm empregadas que desfazem cuidadosamente a arrumação da colcha e dobram os lençóis para que a cama se torne um objeto do desejo do sono. Rendas e linhos portugueses, muitos travesseiros para abrigar e aconchegar o corpo cansado de futilidades e firulas. A cama tem de ser grande, muito grande, "perua-*size*", que é maior que *king-size*. O tamanho *king-size* prevê um homem e uma mulher, heterossexualmente falando. O "perua-*size*" prevê uma perua só, o que torna qualquer tamanho pequeno diante da grandiosidade da sua proposta de dormir.

O quarto tem de acompanhar a proporção. Precisa ser arejado, perfumado, aconchegante e decorado, no mínimo, por um casal de decoradores. Tem de conter as cores vinho, lilás e branco, muito branco. Os móveis devem ser importados; o carpete, macio; as cortinas, pesadas; o blecaute, indispensável; e o aroma do campo, constante. As roupas precisam estar bem guardadas e a garrafa térmica chinesa, com água fresca, sempre cheia. A luz do abajur não pode ferir os olhos, a música suave sempre tocando Kenny G e o televisor equipado com um aparelho de DVD e os mais recentes lançamentos trocados a cada dia, mesmo que não tenham sido vistos. O quarto da perua tem de ser distante do ruído da rua, se houver rua por perto.

Depois de tudo isso acertado, a perua entra no banheiro. Mas deixemos a decoração do banheiro de lado, pois exigiria um capítulo à parte. É no banheiro que ela começa o processo de retirada da maquiagem que usou por último no dia que se encerra. Não preciso nem dizer que não é a mesma maquiagem da manhã ou da tarde – é a maquiagem da noite, particular, com cores frias e discretas. O processo é longo. Se você por acaso, depois de uma noite toda ao lado desta perua, ainda a está acompanhando e ela permitiu seu acesso antecipado ao recinto, deve estar impressionado (senão cansado) de testemunhar e esperar pelo momento em que ela estará disponível para o sexo.

Perua e sexo costumam se encontrar, mas o caminho a percorrer é longo e lento e nem sempre os homens estão preparados para isso. Depois de tirar a maquiagem ela entra num processo de criar uma nova maquiagem, para poder dormir acompanhada. Mulher sem maquiagem se sente fragilizada, vulnerável, insegura – em resumo, mais velha. Ao lado de homens, então, elas se sentem muito mais velhas!

Se houver ainda a exigência de uma performance sexual, o desafio fica quase impossível de ser realizado. Mas se você tiver paciência e acreditar que atrás daquelas penas, digo, daquelas plumas, digo, daquela maquiagem e tecidos, existe uma mulher quente, uma potranca, uma vagabunda na cama, invista. Mas não deixe que ela leia esses seus pensamentos: ela se acha uma santa.

O incenso estabelece um clima de espiritualidade que, levado ao abuso, pode trazer náuseas e certamente fazer você broxar de maneira oriental e definitiva. Mas uma perua não liga muito pra isso. Ela quer se ver linda através de seus olhos. Linda e bem despida. Seu robe de chambre é requintado, tem mil laços e lacinhos, sua lingerie cheia de babados, rendas e apliques. Seus brincos e colares permanecem, porque uma perua jamais vai pra cama sem jóias. Se pudesse, a perua colocaria uma escada acarpetada de vermelho para descer do banheiro diretamente na cama, onde você, nu, mas *black-tie*, a recepcionaria cantando *The lady is a tramp* – tudo isso enquanto ela se olha no espelho e se aplaude, orgulhosa do efeito que causa.

O sexo com a perua pode ser inesquecível de tão bom. Uma perua imbuída das características mais fortes pode levar um homem à loucura, antes e depois de dormir com ele. Se você não for obrigado a dormir no quarto ao lado depois do sexo, para não amassar sua camisola de cetim ou seus lençóis de seda, e para que ela possa finalmente aplicar seus cremes definitivos contra o envelhecimento, rugas e estresse, talvez descubra uma verdadeira mulher que ronca, tem pesadelos e acorda de noite para fazer xixi. Mas isso é raro, pois a única pessoa que pode ver uma perua acordando é o seu cirurgião plástico.

Manter uma relação estável com uma verdadeira perua custa caro. Não que você tenha de pagar seus cremes e loções – não, você vai ter de morar em outra casa. Uma vez namorei uma perua dessas. Quase morri sufocado com seu perfume doce, as plumas de seu *peignoir* e o cheiro forte de incenso indiano. O sexo foi bom, apesar do fotógrafo contratado para acompanhar a vida da moça, que insistia não em flagrar-nos transando, mas em captar o momento do dia em que ela abria seu Paulo Coelho preferido de cabeceira. Não aconteceu, e eu acabei lendo o livro nos três dias que durou nossa relação – ou seja, enquanto a esperava sair do banheiro.

A Que Come Na Cama

Morar em casas separadas está virando moda. É uma maneira de preservar o casamento, ou melhor, algumas características do casamento. Quem não consegue, pode pelo menos tentar dormir em quartos separados. Já seria saudável. Mas podem faltar quartos e, então, a cama separada passa a ser uma solução. Transar não exige muito espaço: quem quer faz até de pé.

Portanto, cada um na sua cama evita atritos noturnos, incompatibilidades térmicas e, sobretudo, o estranho hábito de comer na cama. Tendo sua própria cama, você pode fazer dela a sala de estar e deixar que a outra funcione como sala de jantar.

Certas mulheres trocam qualquer coisa por um café da manhã na cama. É a coisa mais desconfortável do mundo! Primeiro, é preciso ter uma bandeja especial para comer sentado na cama. É um desastre: a bandeja não se equilibra no colchão, se mexer a perna o suco derrama, se tossir o café pinga no lençol e por aí vai. Não vejo a menor graça. Não sobra espaço para ler o jornal e, em certas ocasiões, não existe nada mais agradável do que tomar um café da manhã sentado feito gente, numa mesa farta, com espaço para passar manteiga no pão, coçar o dedão do pé enquanto lê a página de esportes e faz bolinhas com o miolo do pão. Na cama não dá, mas certas mulheres acham o máximo!

Mas essa é uma categoria que pressupõe um certo clima de fantasia. Ou você é muito rico e tem uma criadagem treinada e autorizada a entrar no seu quarto, abrir cortinas, dizer "bom dia" em inglês e colocar a bandeja na sua frente (mesmo que você esteja descabelado e com bafo de oito horas de sono), ou então um dos dois tem de se sacrificar, levantar antes, preparar tudo e fazer a surpresa. Para um domingo de chuva pode até funcionar, mas todo dia é pior que levar o cachorro da namorada para fazer cocô na rua. Os dois se levantarem para preparar o café e voltar pra cama é ridículo. Não vale nem comentar.

A ilusão de que a vida é um filme de amor com elenco de apoio e trilha sonora pode fazer acontecer episódios assim. Algumas empresas vendem na praça cestas de café da manhã para presentear as pessoas. As mais eficazes acordam o presenteado às seis e meia da manhã com o mimo e você, se não for muito zen, está autorizado a devolver pela janela o presente que o acordou tão cedo. Quando vem acompanhado de telegrama animado, então, é de vomitar! Mas as cestas em si também são um desatino. O pão vem mole, a manteiga derretida, a geléia de um sabor que você detesta e o que mais acompanha é de dar enjôo. Vem chocolate, biscoito de ervas, presunto meio esverdeado, pacote de bala de menta, licor de cacau, um vidro de Nescafé, pão de queijo para aquecer e muito mais. O que fazer com essa cesta na cama? Nada, é claro. Jogue as coisas fora e aproveite a cesta para um piquenique no parque da cidade. Vai ser um sucesso – e pelo menos você estará longe da cama.

Mas nem todas as mulheres apreciam tomar café na cama: algumas gostam de fazer todas as refeições nela. Alice passava o fim de semana inteiro na cama. Aos sábados, só saía depois das duas da manhã para dançar até se acabar, o que justificava mais ainda passar o domingo na cama. Ela se cansava tanto e dormia tanto que não fazia diferença ter ou não ter companhia no dia seguinte. Quando inauguraram a boate Bed no Rio, ela adorou. Passou então a comer, beber e dançar na cama e levou o hábito para casa. Não preciso dizer que sua cama era o principal elemento da decoração da sua casa. Alice morava num quarto e sala conjugado, hoje chamado de loft pelos mais chiques. Era em Botafogo, no Rio, o que dava ao termo loft um ar mais nova-iorquino, onde ele nasceu. Como era longe da praia, Alice não tinha dúvidas. Domingo era um dia para não existir, como o bairro onde morava.

Mas Alice tinha fome, é claro. Cansei de encomendar pizzas, churrascos, sushis e sashimis para a Alice que dormia. Quando acordava, só levantava para ir ao banheiro e cobrir os lençóis com a colcha da cama, que servia de toalha de mesa. Certa vez, encontrei uma caneta que havia perdido uma semana antes numa virada de colcha na cama de Alice. Entre embalagens de pizza para viagens e palitinhos japoneses, fazíamos amor com uma certa freqüência nesses domingos de sexo e preguiça.

Depois de saciada a fome de comida e a fome de amor, ela ligava a televisão. Dormia umas três horas seguidas quando eu aproveitava para fazer um pouco de vida normal. Ia até a Lagoa ou ao calçadão, tentava caminhar com consciência da necessidade aeróbica, olhava um pouco o mundo do lado de fora e constatava como o sol faz bem para a saúde. Depois voltava, já de banho tomado, roupa trocada, tentando fazer com que Alice se animasse para um cineminha no fim da tarde com um chope e uma pizza depois. Cinema, pra quê? Tem TV a cabo. Pizza é uma boa: liga que eles entregam. Era uma opção de vida, eu sei.

Durante a semana Alice era outra pessoa. Quando comia, era em pé em algum *fast-food* da vida ou pedindo pelo telefone entre um trabalho e outro que ela tinha como produtora de TV. Por isso, eu tentava entender seus hábitos dominicais. Tentei, tentei, até o dia em que fomos interrompidos no meio da transa por um copo de *milk-shake* entornado no meu rosto. Não agüentei. Disse para ela que, a partir daquele dia, ela podia até continuar comendo na cama, mas eu só transaria na cozinha. Ela parou, pensou e disse que o que sentia por mim não era assim tão forte. Fui embora. Ela me deu tchau sem se levantar da cama.

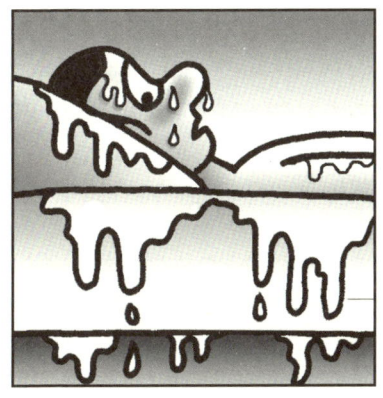

A Que Detesta Ar-Condicionado

Mulheres normalmente não gostam de ar-condicionado. No restaurante estão sempre querendo sentar longe do alcance deles, mesmo que lá fora esteja fazendo 40 graus à sombra – literalmente, porque é noite. No cinema, levam um casaquinho para não correr riscos e, em casa, o ar só serve para decorar o quarto. Mesmo no alto verão, quando não existe alternativa aos 20 graus que o ar produz, elas preferem a vida sem ar.

Os homens, ao contrário, morrem de calor. Não sei se são os pêlos, as gordurinhas na barriga depois de uma certa idade ou a macheza mesmo. Só sei que homem que é homem não sente frio. Dorme sem coberta, de preferência pelado, e ainda aquece a parceira, caso seja solicitado. Porque mulheres que detestam ar morrem de frio, mesmo no verão. O desafio então é duplo:

você tem de conseguir dormir com uma temperatura pouco civilizada e, ainda por cima, aquecer aquele corpinho frágil que se enrosca em você sentindo frio em pleno dia 2 de fevereiro. Mas você não pode recuar.

Soluções existem, é claro, mas nenhuma passa pela cama de casal. Quando a mulher não gosta de ar, o assunto está encerrado. Algumas até cedem aos maridos calorentos, mas aí é o casamento que já está encerrado. É uma questão de dois ou três verões para o desencanto tomar conta do casal e desfazer todas as ilusões que o dia do "sim" criou, assim como o calor dissolve o gelo no copo d'água que você inutilmente leva para a mesinha de cabeceira.

Em certos momentos, você acha sinceramente que vale a pena correr o risco de o casamento acabar em troca de uma temperatura mais amena para dormir. Isso porque existe outro agravante para essa situação já bastante grave: as mulheres dormem mais facilmente que os homens. Dormem em qualquer circunstância. Dormem em qualquer lugar. Se encontram um ombro amigo, então, dois minutos e já foram, com calor ou não. E você fica ali, contando as gotas de suor que escorrem pelo peito enquanto busca uma solução.

Dormir no quarto ao lado seria uma – desde que exista um quarto ao lado, é claro. Quartos não andam dando sopa por aí em qualquer apartamento de classe média. Normalmente ao lado está seu filho ou filha, que, este sim, não pode mesmo dormir com o ar ligado. Você não seria capaz! Dormir na sala pode ser uma boa. Salas com ar-condicionado não são tão comuns assim, inclusive por conta do preço do aparelho. Tem gente, aliás, que liga o aparelho da sala só na ventilação para enganar o barulho que vem da rua e gastar pouco. Levando em consideração que na sua sala exista um ar-condicionado, é preciso que agora exista um sofá tão cômodo (ou quase) como a sua cama.

Espero que sexo você já tenha feito quando o calor ainda

era suportável e, na hora do vamos ver, o suor dá até um realce. Se não fez sexo, resta o programa da Monique Evans (ainda existe?) ou os *strip-teases* técnicos do canal Multishow, que ajudam a dormir. Mas uma noite no sofá da sala nunca é a mesma coisa. As costas doem e, no dia seguinte, o ar de reprovação da parceira ao saber que você foi incapaz de compreendê-la, de conviver com suas limitações e não teve constrangimento em dormir na sala farão você repensar a solução na noite seguinte.

Dizem que abstrair ajuda. Pense forte, talvez repetindo um mantra, que não está fazendo calor. Alugue um filme passado no Alasca, abra a janela e busque um pouco de brisa do mar. Por último, ligue o ventilador em cima de você. Eu sei: o barulho é chato, o vento passa, vai e depois volta. Isso incomoda. E não adianta deixar ele parado. É gripe certa. Ou seja, você morre de calor, as costas ficam ensopadas e o peito frio com o vento batendo direto. Melhor do que isso só insônia – que, aliás, acontece com freqüência com quem passa por esse tipo de apuro climático.

Fernandinha era assim. Uma gracinha, eu confesso, e insuperável no inverno. Torcia para os meses não passarem. Dormíamos como anjos, cobertos por um lençol da meia-noite às duas, por uma colcha de duas às quatro e por uma colcha e um cobertor de quatro até acordar. Eu acordava ensopado. Ela, enroscada em mim, querendo mais cobertor. Mas éramos felizes. O inverno seguia adiante com dias até mais frios em que eu também procurava um cobertor e achava que éramos feitos um pro outro e que aquele amor ia durar para sempre. Mas nosso primeiro verão juntos foi um tormento. Eu quis entendê-la e não insisti com o ar-condicionado. Ela dormia, eu navegava no meu suor. Quando ela teve de mandar lavar o terceiro jogo de lençóis da semana por conta disso, decidiu ceder.

Dormimos com o ar ligado por uma semana. Fernandinha quase foi internada. A rinite alérgica – ainda vamos aprofundar esse assunto mais adiante – virou um resfriado, que passou para uma gripe no terceiro dia e, já com o ar desligado, descambou numa pré-pneumonia que a levou para a clínica da esquina e eu para o meu analista. Passei a dormir em casa até que ela ficasse boa. A doença a enfraqueceu, ela ficou muito carente e insistia para eu dormir com ela. Voltei para a minha cota de sacrifício e o verão se foi com o menor números de horas que eu já dormi na vida. A Fernandinha, já acordada saindo do banheiro depois de escovar os dentes, só de calcinha, espreguiçando o corpo e murmurando: "Vamos fazer um amorzinho e depois pegar uma praia? Está um calor, não é?" era irresistível. Aprendi a dormir mesmo suado, mas tinha certeza de que iria me apaixonar pelo primeiro ar-condicionado no qual esbarrasse.

A Que Faz Xixi A Noite Toda

Certas mulheres concentram toda a sua tensão no ato de fazer xixi. Como as obcecadas que não conseguem dormir sem antes verificar se apagaram a luz da sala, desligaram o gás e trancaram a porta, algumas são capazes de fazer xixi duas ou três vezes seguidas, só para ter certeza de que não irão sentir vontade durante a noite. Em casos mais extremos, elas adormecem depois disso e dali a dois minutos despertam com uma vontade louca de fazer xixi. Não lembram se já foram ou não, mas acabam indo de novo – por segurança.

É exatamente como acontece em viagens de automóvel: antes de sair elas fazem seu xixizinho, mas basta você andar os primeiros 50 quilômetros para elas pedirem, com aquele jeitinho irrecusável, para parar no próximo posto que tenha um banheiro limpo e decente. Você tem de adivinhar qual é o limpo e decente. É justo, mas o xixi está ligado à segurança feminina. Uma mulher que está com vontade de fazer xixi se fragiliza e, ao mesmo tempo, se torna irascível, mal-humorada e até mesmo violenta. Não presta atenção em nada, não consegue se concentrar e coloca na sua satisfação urinária a solução dos problemas do mundo. De noite isso se manifesta com mais força. Dormir com vontade de fazer xixi pode provocar pesadelos horríveis e transformar a noite de quem está ao lado em outro pesadelo.

Mas por que então não resolver este assunto fazendo xixi toda hora em que tiver vontade? Porque a mulher é também extremamente preguiçosa. Uma mulher na cama, principalmente depois de sexualmente satisfeita, é quase um monumento imóvel à beleza, à sensualidade, a Morfeu, deus do sono, e a todo povo baiano. Portanto, cria-se aí um impasse que se prolonga indefinidamente e, se você já estava dormindo, a essa hora passa a dividir a dúvida com a parceira.

Outras mulheres vão ao banheiro seis vezes antes de dormir. Quando chegam ao quarto vão por impulso. Enquanto tiram a maquiagem e passam seus cremes e hidratantes, dá uma vontade... Depois vão mais uma vez, porque sabem que já na cama provavelmente vão transar – isso as que transam quando vão para a cama, mas, afinal, é destas que estamos falando – e a vontade de fazer xixi seria um fator de dificuldade para um orgasmo pleno. Quando estão na cama, já no meio dos trabalhos eróticos, baixa um pânico de não ter sido suficiente o xixi de antes. No meio do "estamos quase lá" elas pedem desculpas, licença e se esquivam para longe de você com aquele corpo nu, aquecido e eletrificado, e desaparecem atrás da porta do banheiro. Você fica escutando o barulhinho, tentando manter a ereção e só consegue mesmo é criar também vontade de fazer xixi.

Quando ela volta, ávida do que deixou, é você quem vai. Isso, é claro, pode ser literalmente uma ducha de água fria no sucesso do sexo. É preciso criar uma consciência no casal em relação às necessidades urinárias de cada um para que não broxem. Superada essa fase, com esforço e dedicação, o sexo prossegue. Levando-se em consideração que foi tudo bem, depois dá aquela vontade verdadeira de fazer xixi. Mais tarde, já no relaxamento dos corpos, um encaixado no outro, aquela sensação de prazer satisfeito, de ante-sala do Nirvana, só escutando o barulhinho da chuva lá fora... não! Barulhinho da chuva, não!

Pronto: lá vai ela novamente, segurando as pestanas com os dedos até alcançar o banheiro, num último esforço para se entregar definitivamente ao sono. Mas é um sono que dura duas horas, no máximo. Lá pelas tantas ela começa a gemer. Você acorda, escuta suas palavras murmuradas e percebe que ela está sonhando com um banheiro. Banheiros têm significados arcaicos fortes, querem dizer promiscuidade, liberdade... Isso é um risco. Ela começa a entrar naquele estado alfa de semiconsciência, balbucia o desconforto de ter de acordar, sair daquela cama quentinha, desencostar de seu corpo também aquecido e relaxado para fazer xixi. E não adianta discutir. O xixi tem de ser feito. Ela então se levanta, descobre você, procura o chinelo (quando não acende a luz para isso e, se não acende, acaba tropeçando no próprio chinelo que procura), faz barulho no trinco da porta, abre e deixa entrar a luz do banheiro, que inevitavelmente o acorda, mesmo que até agora você estivesse resistindo. Depois, quando você adormece novamente, o barulho da descarga relembra que ela ainda não voltou pra cama e que você iria mesmo acordar com a sua volta. Até aí nada demais, não é mesmo? Mas ela volta, sentindo frio e com a bunda gelada, a bunda que ela faz questão de encostar em você justamente para aquecer. E você não tem escolha. Se não fizer isso, o frio pode trazer de volta a vontade de fazer xixi.

O fato é que a ciência ainda não resolveu a questão do xixi

noturno. Dormir com uma sonda seria exagero. Os pinicos já fizeram até algum sucesso, mas porque não havia banheiros o suficiente nas casas mais antigas. Alguns casais mais saidinhos conseguem transformar o ato de fazer xixi um jogo erótico excitante: vão juntinhos ao vaso e um faz xixi na mão do outro, quando não em outros lugares. Isso pode incrementar o sexo, mas não resolve o problema de dormir.

Existem mulheres que conseguem segurar a vontade a noite toda. São insuportáveis, travadas. Essa é a contradição. É melhor agüentar uma mulher que acorda toda hora para ir ao banheiro que uma que segura. Pela manhã, você acorda com aquele tesão todo, vai se chegando para junto dela, apóia a perna na dela, a mão no ventre, vai descendo e... "NÃO! Não ponha a mão aí! Estou morta de vontade de fazer xixi". Está certo. Você tira e espera. Só que ela não vai. Fica ali segurando a vontade, sofrendo masoquisticamente com a bexiga cheia e o prazer de imaginar o quanto será bom fazer aquele xixi. Ela não se mexe nem você pode mexer nela. Nesse impasse, acaba você indo. Ela então não resiste. Quando você já está lá, com o pau na mão e comportas abertas, ela adentra o banheiro, já praticamente agachada, com as mãos pressionando o ventre e suplicando pista para poder aterrissar no vaso. Depois olha para você com ar de reprovação, enquanto você não sai do banheiro para ela fazer xixi em paz. Nem queira propor sexo depois dessa catarse. Dificilmente o prazer que você proporcionar será maior do que o que ela sentiu naquele ato, mesmo que você consiga resistir e o seu tesão se confunda com a enorme vontade de fazer xixi.

A Que Gosta De Discutir

As mulheres em geral gostam muito de dormir, mas não necessariamente na mesma hora que você. Algumas gostam de dormir, mas não na hora de dormir porque na hora de dormir querem conversar. Patologicamente, essa síndrome é conhecida como insônia verborrágica. Não adianta argumentar que já é tarde, que você trabalhou o dia inteiro ou que quatro e meia da manhã não é hora para discutir a relação. Nem concordo tanto com a teoria que diz que homens não gostam de discutir a relação. Eu até que gosto, mas às sete da noite, tomando uma cervejinha – e jamais com minha própria mulher. Meus amigos são ótimos para discutir relações. Um fala do outro na boa e ninguém se ofende, mas às quatro da manhã nem o Lula discute a relação com os partidos da base governamental.

Certas mulheres não entendem de política e não têm sensibilidade para as questões partidárias. Para quem quer dormir, no meio da noite é impossível raciocinar. Ou você discorda de tudo em princípio, o que deixa a interlocutora completamente fora de si, ou você concorda, para acabar logo com a discussão – o que é muito pior. Normalmente, essas discussões são continuação de algum programa noturno que, na sua cabeça, tinha sido ótimo: bate-papo com os amigos, uisquinho na casa de fulano, aniversário de casamento, mulheres de um lado, homens do outro – menos a... menos a Lucinha!

A Lucinha, aquela gostosa namorada do Firmino que passou a noite toda palpitando na conversa dos homens. É isso. Tem sempre um motivo para que a sua mulher venha com todas as armas na língua chamando a Lucinha de vaca pra baixo, terminando num mergulho fundo nas águas frias do rio onde só tem piranha. E você com isso? "Você ficou ali, com a boca aberta de olho no decote assanhado daquela vagabunda, que bebia cerveja no gargalo e discutia o 4-3-3 da seleção como quem fala de seu condicionador para cabelos pintados. Homem adora mulher que entende de futebol. Pois eu detesto!... Até gosto, mas, a partir de hoje, eu detesto."

A essa altura do campeonato, ali de cueca, coçando o saco com a mão direita e os olhos com a esquerda, morrendo de sono, com um olho no Programa do Jô e outro na sua mulher, você pergunta: "Quer discutir o decote da Lucinha ou o esquema de jogo do Parreira?". Pronto: você conseguiu e sabia que uma frase dessas seria fatal, mas quem resiste? Numa hora dessas, quem vai agir de cabeça fria, entender que é só um momento, que aquilo passa, de repente foi uma bebida que desceu mal ou aquela olhada no espelho que revelou uns quilinhos a mais (e a galinha da Lucinha percebeu), ou somente TPM? É isso! É TPM, o que torna a provocação ainda mais prazerosa. E você, mesmo ciente das conseqüências, também não tem sangue de barata.

Se for para ficar acordado vamos ficar com estilo, de igual para igual. Você joga os lençóis no chão, ajeita os travesseiros na cabeceira da cama, cruza os braços e ataca: "Se você quer discutir, vamos lá. Só tenho que acordar às dez mesmo. Você é que precisa dormir, eu não". Pronto. Piorou e você também sabia. A discussão agora é inevitável e o pior é que você sabe que nessas horas todo o repertório de neuroses, rejeições, ciúmes do passado, histórias mal contadas vem à tona. Não tente estabelecer regras civilizadas como nos debates: exposição, réplica, tréplica, questão de ordem e coisas desse tipo, nem invente de fazer xixi na hora em que ela estiver com as duas mãos na frente do rosto tentando explicar para você como a vida tem de ser vivida. É morte certa.

Uma boa discussão pode durar até o sol nascer, o que dá uma sensação de tempo perdido, de coisa feita às escondidas, de falta do que fazer. E o sol não espera, ele nasce mesmo que você ainda esteja na segunda tréplica. Os argumentos com a luz do sol entrando se tornam mais urgentes, o explanador mais aflito e a angústia do tempo passando vai tomando conta do ambiente. É hora de dar uma parada para a reflexão e fazer um lanchinho. É aí que a bandeira da paz tem de ser hasteada. Uma ida à cozinha, uma ponderação diante do vazio existencial de uma geladeira às seis da manhã, os primeiros ruídos do vizinho que precisa acordar às cinco para pegar no trabalho às sete e aquele sono, que finalmente percorre seu corpo junto com Nescau gelado que os dois dividem. Essa é a certeza de que a discussão vai terminar: os dois vão voltar abraçadinhos para a cama, o sexo vai rolar gostoso, intenso, cheio de carícias ousadas e novas, e no final do ato, orgasmos consumados, um jogado sobre o peito suado do outro, ela diria: "Sem conflito não tem graça".

Matilde era assim. Aliás, estava falando da própria. Discutimos muito e ela quase sempre tinha razão. Mas eu não dava o braço a torcer. Ela acabou descobrindo que Lucinha era realmente uma galinha, que dava pra todo mundo – inclusive pra mim. Mas Lucinha não gostava de discutir. Só abria a boca para o sexo. Lucinha realmente falava ao meu pau e ele respondia. Ela gostava mesmo era de dar. Dava muito, a Lucinha, e não pedia nada em troca que você não pudesse dar sem discutir. Mas não durou. Não é que a Matilde tinha razão? Senti falta do conflito.

A Que Dorme de Janela Aberta

As mulheres que gostam de dormir de janela aberta a princípio podem parecer exibicionistas e devassas. Mas não são. Elas normalmente gostam só de dormir de janela aberta. De transar, às vezes, nem gostam tanto, porque dormem muito mais na expectativa de acordar com o nascer do sol do que com o calor do seu corpo encostadinho no dela. Mas nem todas são assim. Algumas realmente dormem de janela aberta porque têm problemas alérgicos – aliás, veremos mais à frente que quase todas as mulheres têm problemas alérgicos –, não suportam ar-condicionado ou adoram sentir a brisa da noite. Mas essas são exceção.

As que não fecham a janela são as adoradoras da luz do dia. São mulheres solares, por excelência, o que as torna quase raridade. Mulheres são lunares e, se essas se limitassem a dormir de janela aberta quando é noite de lua, tudo bem, mas a lua não as fascina nem um pouco. Elas querem o sol, aquela coisa amarela, grande, infinita, quente e luminosa entrando pelo quarto, aquecendo lençóis e travesseiros, abrindo suas pálpebras mesmo que você ainda não tenha acordado e trazendo para o aconchego do quarto a certeza de que o dia nasceu e é hora de levantar. Em pleno verão, isso pode significar cinco e meia da manhã.

Essas mulheres normalmente gostam de acordar cedo. São marombeiras, adoram correr na Lagoa de madrugada e, enquanto correm, vão acordando as garças e marrecos um pouco mais boêmios. Até aí, tudo bem: o pior é quando elas não dão chance para você dormir mais. Não só exigem a presença do sol na cama como querem que você também levante.

Máscaras de dormir, nem pensar. Elas ficam ofendidas e, afinal, não é mesmo gentil dormir de máscara ao lado de quem cultua o sol. Não quero me precipitar, mas vejo nascer nesse caso uma incompatibilidade de gênios insuperável. Se você for do tipo noturno, quando entrar em certas casas para dormir a primeira vez e perceber que não tem cortinas nas janelas, ou as cortinas são daquelas japonesas de palhinha que vendem em qualquer loja de decoração, fuja rápido: sua parceira é desse tipo. O quarto ideal é aquele com cortinas pesadas ou blecautes por detrás das cortinas leves. O sol é bem-vindo, mas quando você decidir abrir a janela por livre e espontânea vontade, e numa hora pelo menos civilizada. Correr na Lagoa cedo já é outro assunto e merece um capítulo à parte.

O ideal para não ter de largar a namorada que gosta de dormir de janela aberta é descobrir métodos conciliatórios. Por exemplo: dormir até certa hora e depois alegar alguma crise de identidade, ou mesmo um problema técnico (como se lembrar que deixou o gás aceso na sua casa) e bater em retirada ainda numa hora honesta para reatar o sono. Se isso não colar, invente um problema na coluna que o impossibilita de dormir naquela cama. Dormir na banheira pode ser uma solução. Toalhas felpudas sobre os olhos podem ajudar.

E, depois, tem uma coisa: se o sexo não for muito, mas muito bom mesmo, deixe a moça pra lá, com sua mania de acordar com a luz do sol no rosto. Fotofobia pode fazer broxar depois de um tempo. E, a partir de uma certa idade, o sexo não pode ser feito assim, à luz do sol, impunemente. Quase ninguém resiste. Dependendo do ângulo que a luz bate no seu corpo, ou pior, no corpo da mulher, as celulites saltam como formigas de um formigueiro.

As mulheres alegam com razão que a melhor profissão para um marido seria a de diretor de iluminação, e Deus, nesse quesito, exagera nos quilowats. Rugas são sensíveis, manchas na pele se destacam, sua barriga saliente fica enorme e, se a casa for a sua, a sujeira dos lençóis pode espantar qualquer uma. Portanto, sexo sob luzes quentes só em filme pornográfico, onde nada disso que eu citei aqui importa, pois o que vale é a bola entrando no gol – e, apesar disso, tem diretor de iluminação. Além de tudo, o sol agressivamente assim pela manhã pode causar enxaquecas horríveis. Sol é bom para as flores, para as galinhas, para a agricultura e para a ecologia em geral, mas, na cama, prefiro a luz de um abajur lilás na hora do sexo.

A Que Gosta de Muitos na Cama

Sabe aquele tipo de mulher que não cresce? Pois é, normalmente são mulherões, aqueles aviões turbinados, dois trens de pouso chamados pernas pra que te quero? e nem é preciso perguntar. São quase sempre louras com os cabelos compridos e ondulados. Fazem escova o dia inteiro. São voluptuosas, tesudas, insaciáveis... e infantis. Quase bebês.

Os sintomas mais evidentes são os ursinhos de pelúcia na cama. Coleções inteiras, e não só de herança da infância, não. Continuam sendo comprados até hoje, como se compra uma calcinha ou uma camisinha. Todos têm uma coleirinha com os nomes escritos e elas os tratam pelos nomes. É Tedinho pra cá, Bilu pra lá, Marcão por aqui e Ricardinho acolá. Não se sabe se são homenagens e lembranças ou nomes carinhosos aleatórios. Mas é bom ficar atento: se a sua performance for boa mesmo com tanto intruso na cama, você pode até virar um deles no futuro.

Mas a coisa não pára por aí. Essas... meninas, digamos assim, têm verdadeiras síndromes infantis. No meio da transa são capazes de interromper uma enlouquecedora sessão de sexo oral por um pedido irresistível de cafuné no pezinho. E ai de você se não fizer! Ela chora, e como! Sabe lá o que é ter de consolar uma menina chorosa às três da manhã? É pior do que bebê com cólica. E ela só quer cafuné! Nenhum juiz vai te dar razão nem entender os motivos do assassinato por impulso incontrolável. Melhor atender, você pode sair ganhando. Peça você também. Um cafuné nas zonas erógenas pode ser um primeiro passo para transformar essa mania infantil num sofisticado ritual erótico.

Mas tudo tem limite. Não vista jamais a roupinha de Pedrinho quando ela pedir. Na pior das hipóteses, se vista de Batman ou de jogador de futebol, mas Pedrinho, nunca! Ela pode vir para a cama vestida de Narizinho, o que criará um certo constrangimento. Afinal, a obra de Monteiro Lobato não tem nada de erótico. Pelo menos até agora. Elas também gostam de falar com tatibitate, com a língua presa – que aliás está na moda – e encolhendo o rostinho de vergonha atrás das mãos quando vem lhe pedir alguma coisa. Normalmente, algo bem pervertido, o que torna o pedido ainda mais pervertido.

Rosinha era assim. Tinha 1 e 79 de altura, coxas perfeitas com mais de um metro cada, dois seios tão redondos, tão firmes, tão duros que não deveriam se chamar seios, por mais respeito que se tenha. Aquilo eram dois peitões, isso sim. Rosinha era loura e tinha cabelos que batiam... não, batiam não, roçavam suavemente as costas. Costas essas cobertas por uma suave penugem também aloirada, que percorria a saliência do início das nádegas e se embrenhava por zonas desconhecidas e misteriosas até encontrar a mata funda da gruta escura em tons dourados e textura sedosa, o que a tornava uma loura autêntica. Rosinha era um mulherão e só me chamava de Pinzinho. Nunca entendi por quê. E ela queria que Pinzinho a chamasse de Botãozinho. E fazia assim com a boquinha: vocês sabem, não? Essa era Rosinha. Uma tentação. Um pecado mortal, sem perdão mesmo, nem com toda a penitência do mundo.

Rosinha se vestia com uma menina. Com aquele metro e meio de pernas à mostra debaixo de um vestidinho da cor do seu nome e, por mais que mostrasse, não se conseguia nem mesmo vislumbrar a calcinha minúscula sob os delicados panos do vestido. Era minúscula mesmo e as pernas tão longas que era impossível chegar até lá sem organizar uma expedição com guias, alpinistas e cardiologistas. Mas Rosinha era tão frágil na cama! Precisava ser carregada no colo – e pesava – despida, como se faz com um neném, e acarinhada com muita doçura. Aí ela enlouquecia. Arrancava suas roupas, gritava, pulava, imitava seus personagens favoritos e mergulhava no sexo mais animal possível, um sexo assim como fazem os coelhinhos, os ursinhos, os gatinhos e os periquitos. Periquitos fazem sexo. Aprendi com Rosinha, que piava toda vez que gozava voando em círculos pelo quarto. Eu, abatido entre os ursinhos de pelúcia, tentava entender o que tinha produzido aquilo tudo. Teria sido eu? Não creio, jamais seria capaz.

Nossas fitas pornôs eram a coleção completa da Xuxa, com a música dos patinhos entre as suas preferidas. Tomávamos Toddinho ao invés de champagne e todos os órgãos genitais envolvidos na relação sexual eram tratados pelo diminutivo. Xotinha, xerequinha, pintinho, pauzinho, pombinha, biluzinho e por aí vai. Afora as poucas vezes que transamos em pé pulando na cama, Rosinha gostaria de vestir seu vestidinho curto e, como uma líder de torcida, sacudir aqueles pompons comemorando cada orgasmo. Seu quarto beirava o mau gosto, principalmente contrastando com a sala herdada da mãe, de móveis pesados e austeros. Entre o papel de parede com motivos da Disney e a colcha da Branca de Neve, não era difícil para a minha mente suja imaginar uma suruba monumental com os sete anões. Eu convidaria a Bela Adormecida sem o Príncipe, pois aquela ali nunca me enganou.

Rosinha era autoturbinada. Decolava, voava, planava e fingia que era uma das Garotas Super Poderosas. E era. Cansei de brincar com Rosinha no dia que ela ameaçou trocar os ursinhos – que, mal ou bem, eu já tinha me habituado a usar como travesseiros ou mesmo a treinar tiro ao alvo na lâmpada cor-de-rosa da penteadeira, que tocava uma musiquinha da Xuxa quando acendia – por quatro cachorrinhos e dois gatinhos de verdade. Sexo animal eu topo, mas só com animais selvagens, por favor.

A Que Gosta de TV

Já transei vendo Sessão Coruja, Intercine, Programa do Jô e Monique Evans. No Domingão do Faustão, eu broxei – também, ninguém merece. O televisor ligado pode até ter sua utilidade, pois produz aquela penumbra azul e emite um som ao longe que disfarça gritos e sussurros quando não se está sozinho em casa. Mas certas mulheres não conseguem desligar a TV nem na hora de transar, mesmo mulheres apaixonadas que parecem ligadas por uma espécie de cordão umbilical de fibra ótica que as alimenta.

Dormir com a TV ligada deveria funcionar como sonífero, mas para elas é o contrário. O tempo passa, você transa, quando consegue adormece, sonha, levanta pra fazer xixi – e lá está ela, olhos grudados, vidrados em algum programa de venda de jóias e tapetes ou algum filme *cult* dos anos 40 no Telecine Classic. Quando volta pra cama, você ainda tenta, inutilmente, convencê-la a dormir. Ela concorda, desliga a TV e se aconchega em você, mas em seguida, assim que sua respiração entra no ritmo do sono, ela se vira novamente e *clic*! O quarto se ilumina de azul e você desiste.

Mas o difícil mesmo é transar com a TV ligada. Se essas mulheres que gostam de estar sempre ligadas ainda gostassem de filmes pornôs, tudo bem. Era só usar a imaginação e a capacidade de distanciamento que o sexo fluiria na boa. Mas não, mulheres definitivamente não gostam de filmes pornôs. Em compensação, as poucas que gostam preferem os barras pesadas: mulher com anão, homem com animal, animal com animal. A TV ligada na hora do sexo nem Freud explica. Quando teceu todas suas teorias a televisão não existia e quando morreu não causava ainda tanto estupor.

Transar ouvindo música também pode ser estranho. Um acorde mais alto num momento de concentração pode atrapalhar. Na TV, um choro de mulher rejeitada naquele filme que já passou doze vezes pode trazer lembranças associadas a culpa, um passo certo para o fracasso. Telejornal, então, é mortal. Notícias ruins abundam – e como é que se faz para manter a ereção com a bolsa despencando, um ataque suicida a um mercado no Oriente ou um discurso do George Bush na Casa Branca? Impossível. Um joguinho de futebol pode tirar a concentração, mas, dependendo da qualidade do sexo que se está praticando – se você pensa em ver um jogo de futebol enquanto transa! – pode pelo menos ser mais divertido.

Mas estamos nessa cama para transar ou para ver TV? Para ver televisão, respondem coletivamente todos os infelizes, insatisfeitos e mal-amados deste mundo. A TV acabou com a segunda melhor das utilizações da cama. Para esse grupo, ver televisão na cama pode assumir características prazerosas tão ou mais intensas que um orgasmo. Você passa mais tempo olhando para aquela telinha do que para a bunda da sua mulher, ou não? E pra bunda das outras também.

Antonia sabia disso. Se não fosse uma mulher absolutamente espetacular, digna de horário nobre, jamais teria ido para cama com ela. Mas fui, a TV já estava ligada e eu nem reparei. Meus olhos estavam todos voltados para aquele corpo, aquelas pernas, aquele perfume maravilhoso que sua pele desprendia. Ela se movia como uma gata, se despia como uma profissional, se enroscava no meu corpo como campeã de audiência. Quando rolamos na cama senti uma coisa dura me cutucando aquela zona desmilitarizada que vai do baixo-escroto ao alto-ânus. Era o controle remoto. Aproveitei e tentei desligar a TV, mas Antonia foi mais rápida. Largou meu pau, tirou o controle da minha mão e sintonizou no canal Shoptime. Quando ia reclamar, Antonia me sufocou com seus seios fartos e entumecidos.

Tentei rolar na cama para ver o que tanto a interessava e percebi que instintivamente ela repetia sobre o meu corpo os movimentos que o vendedor na TV fazia no aparelho para abdominais. Confesso que gozei, mas fiquei com a sensação de que tinha malhado e não transado. Antonia não perdeu tempo. Mudou de canal e, enquanto fumava um cigarro, assistimos a duas entrevistas do Jô. Terminado o Jô, passamos para o National Geographic.

Começava a me interessar pelas formigas gigantes do Burumbi quando Antonia iniciou uma sessão de sexo oral. Deixei as formigas de lado e, quando ia gozar, Antonia mudou para a CNN. A situação do Iraque a preocupava mesmo com o meu pau na sua boca. Pensando bem, uma pessoa que consegue tal façanha merece admiração. Antonia conseguia, eu não. Fiquei lendo os resultados do torneio de futebol ali naquelas letrinhas que vão passando enquanto o locutor fala, e meu pau foi substituído aos 40 minutos do segundo tempo por uma sessão de masturbação frenética e solitária. Fiquei literalmente com o pau na mão direita e o controle remoto na esquerda. Tentei mudar Antonia de canal, mas não consegui. Ela deu dois gemidos, virou pro lado e disse que ia dormir. Achei estranho, mas concordei. Quando ia desligar a TV, ela gritou: "Não desliga! Não consigo continuar dormindo sabendo que a televisão está apagada". Respeitei, afinal, a casa era dela. No meio da noite, entre a Sessão Corujão e o telecurso primeiro grau, fui embora. Antonia dormia como um teletubie. Quando cheguei à rua, o sol brilhava. Tentei desligá-lo e não consegui, mesmo usando o poderoso controle remoto de Antonia que ainda trazia nas mãos. Ela ia ficar louca quando acordasse e não o achasse mais. Caminhei até o carro sorrindo. O sol nos meus dentes fez plim! plim!

A Que Não Dá Lugar Na Cama

Existem mulheres que gostam mesmo é de dormir sozinhas. Aliás, gostam de fazer tudo sozinhas. Algumas mulheres são totalmente independentes, mas não conseguem se livrar da dependência sexual. Essas são as mais exigentes e difíceis. Gostam de sexo, mas à sua maneira. Aí começam os problemas.

Fazer sexo não é um jantar para dois: um prepara e o outro come. Sexo é diferente, pelo menos eu sempre achei que era, até conhecer esse tipo de mulher. Mulheres que querem comandar: criam as posições, estabelecem estratégias, movimentos, o *timing* preciso e a hora de parar. É pegar ou largar, mas só onde elas dizem. Seu jeito de dormir reflete exatamente seu jeito na vida. Se não fosse a dependência sexual – e olha que algumas tentam se satisfazer com a masturbação, mas acabam percebendo o quanto é necessário a presença do outro na relação para poder impor a sua maneira particular de transar – elas viveriam absolutamente sozinhas. Não gostam de empregadas para não ter de aturar alguém perguntando o tempo todo coisas que elas não sabem como responder.

Normalmente os pais moram bem longe, impossibilitando assim serem alcançadas num fim de semana ou mesmo num feriadão. A casa delas é toda "mono": um prato, um copo, um quarto, um banheiro e uma cama. Adoram escutar suas músicas favoritas, todas estranhas, nos seus CD-players de ouvido. O gosto musical varia de certas duplas sertanejas mais antigas – uma falha no caráter monolítico – até compositores modernos, como Steve Reich, que só se consegue escutar sozinho mesmo. Suas camas não são de solteiro por causa da já conhecida atração delas pelo estranho hábito do sexo a dois.

Não raro, essas mulheres sofreram muito no passado por causa do impulso original para o compartilhamento. Foram criadas seguindo o catecismo e os ensinamentos da igreja católica. Algumas casaram muito cedo com algum amigo de infância, na ilusão de que tinham encontrado o príncipe encantado para compartilhar a casinha branca com cerca e flores na janela até o fim dos dias. O sonhou durou até descobrir que a casinha branca podia ser um quarto de motel, e as flores eram desviadas pela secretária gostosa que compartilhava com ela o sexo do marido. A partir desse momento, elas começam a se arrepender de terem abandonado o curso de cinema, o estágio na produtora e qualquer projeto individual de carreira profissional para cuidar do lar. Daí por diante elas juram nunca mais querer dividir a cama com ninguém.

Mas o resultado desses anos todos de renúncia e abnegação, e depois a separação e a curiosidade, criam um tesão incontrolável. Algumas passam a dar muito. Dão para o primeiro que encontram, numa experiência catártica de liberação. Saciam o tesão, mas não a amargura e a fobia antiparcerias.

Martinha era uma dessas. A primeira vez que dormi com ela, me contou toda a sua história. Só dormimos, é claro. Ou melhor: Martinha dormiu na sua cama e eu adormeci abatido por duas garrafas de vinho no sofá da sala. Só fizemos sexo alguns dias depois, quando fui dormir novamente em sua casa. Dessa vez foi mais agradável. Enquanto transávamos Martinha era espetacular. Fazia de tudo em busca do seu próprio prazer, o que acabava me proporcionando também um certo prazer. Mas era ela quem comandava. Tinha de seguir suas instruções sob o risco de abandono da cama por parte dela, um WO erótico que me deixaria literalmente com o pau na mão. Seguir suas instruções não era nada: difícil era fazer Martinha alcançar o orgasmo sem um esforço quase tecnológico que passava por posições estranhas, vibradores, consolos importados da Indonésia, cremes, loções e a habilidade manual e oral de um profissional.

Evidentemente que me esforcei nas primeiras vezes. Um dia, quando pedi gentilmente que me fizesse sexo oral, ela começou uma discussão infinita sobre a arrogância e a prepotência masculinas no relacionamento sexual moderno. Foi quase sexo oral de tanto que ela falou. Em alguns momentos fiquei excitado, mas não o bastante para gozar. Martinha acabou me convencendo de que era ela quem necessitava de um trato. Fiz sua vontade e adormeci em seguida, cansado, extenuado e insatisfeito. E não consegui dormir, pois Martinha ocupava toda a cama enquanto dormia.

Martinha era uma traumatizada. Não queria mais abrir espaço para ninguém na sua cama. Dormir era um ato solitário e egoísta. Esticava os braços e as pernas, empurrando travesseiros, lençóis e namorados. Depois de cair no chão pela terceira vez, decidi ir embora. Martinha não acordou. Foi a última vez que estive no seu apartamento de um quarto, uma taça de vinho, uma toalha de jogo americano, uma escova de dentes no banheiro e um lugar a mais na cama: embaixo dela.

A Que Não Pára De Se Mexer

Dormir com uma mulher que não pára de se mexer é um exercício. Se for inevitável, é melhor você dormir antes, enquanto estiver sozinho, para depois, em companhia exercer a função de toureiro ou guarda de trânsito na administração das investidas da parceira na cama.

Normalmente são mulheres inquietas, ansiosas e cheias de energia, que não conseguem ficar paradas nem dormindo. A cama tem de ser *king-size* para comportar você e as evoluções da parceira. Uma cama redonda tem suas vantagens, se o movimento dela for circular. Tem mulheres que adormecem no sentido norte e sul e acordam no sentido leste-oeste – e você sem sentidos no chão. Não é incomum acordar no meio da noite com uma unha pintada de vermelho cutucando o seu nariz ou acordar abraçado a um pé ou a uma barriga sufocando sua respiração enquanto os travesseiros são isolados para o outro lado do quarto numa ação conjunta de membros superiores e inferiores.

Isso tudo às quatro horas da manhã torna sua noite cheia de emoções. Se o sexo for bom, tudo compensa. Mas não. Normalmente essas mulheres são travadas na hora do vamos ver. A primeira vez que se dorme junto chega a ser chocante. O sexo é aquela coisa difícil, cheio de "não me toques", "espera aí um pouquinho", "aonde você quer ir?", que acaba num prazer medíocre, mas cheio de esperanças no futuro, como toda relação que se inicia. O dormir junto se torna uma conseqüência natural. Quem sabe no meio da noite ela se libera e finalmente podemos usufruir um sexo selvagem e gratificante? É mais ou menos o que acontece, mas sem o aspecto gratificante.

Quase sempre essas pessoas são vítimas de pesadelos horríveis no meio da noite em que você, que acabou de ter relações com ela, acaba simbolizando o mal que a ameaça. Você não só é acordado com empurrões, torções, pontapés, mas por alguns instantes, depois que ela acorda, também é confundido com algum agressor ou mau-caráter do passado dela. Mas tudo isso simbolicamente, é claro. Ela acaba percebendo principalmente quando se dá conta de que você está no chão do quarto. Os casais que conseguiram superar essa fase e viveram uma relação feliz no futuro acabaram descobrindo maneiras de superar esses hábitos.

Uma vez namorei uma moça chamada Felícia que vinha de um relacionamento assim. Era inquieta na cama e foi logo me avisando do perigo. Nas primeiras noites, não me dei conta até que fui parar no pronto-socorro com deslocamento da clavícula. Refleti sobre o problema antes de abrir mão daquele espetáculo de mulher e achei melhor partir para o sado-masoquismo. Uma noite, antes da primeira sessão de sexo, eu a amarrei, a cobri de morangos com chantilly e comecei a acariciá-la com plumas de pavão, beijá-la em todo o corpo, penetrá-la e saciá-la até ela adormecer. Funcionou. Ela permaneceu amarrada durante toda a noite. Passamos a dormir juntos assim por um bom tempo, até que Felícia mudou de emprego. Passou a acordar muito cedo e eu tinha de desamarrá-la entre seis e seis e meia da manhã. Não valia o sacrifício. Preferi passar a dormir em casa e amarrá-la de vez em quando.

Uma vez decidi fazer uma surpresa e cheguei a sua casa bem cedo para tomarmos café juntos. Felícia ficou aliviada quando me viu, como se eu tivesse aparecido para salvá-la. Eu fiquei péssimo quando me dei conta. Felícia estava amarrada, e não tinha sido eu. Num primeiro momento me assustei. Achei que tinha sido assaltada, até mesmo violentada. Afinal, estava nua na cama, entre cordas, fitas adesivas e algemas. Teria a polícia alguma participação no assalto? Na dúvida e na aflição soltei Felícia, que se jogou em meus braços aos prantos. Comovido, tentei acalmá-la ao mesmo tempo em que não me perdoava por não ter dormido com ela. Certas mulheres precisam de carinho, são carentes, mas capazes de dar muito amor. Perguntei o que havia acontecido. Felícia relutou um pouco em me responder e entendi. Afinal essas coisas podem constranger uma mulher. Tranqüilizei-a, dizendo que seria compreensivo, que podia contar comigo e que estava ali para ajudá-la. Ela me disse que seu ex-marido tinha aparecido por lá. Ela, apaixonada por mim, resolveu contar tudo pra ele. Abriu o jogo, disse que eu era carinhoso, compreensivo, paciente, que trepava bem e que tinha descoberto uma maneira de dormir juntos sem problemas, coisa que ele não tinha tido capacidade de resolver. Enfurecido, o ex-marido a amarrou, a violentou e foi embora comendo os morangos com chantilly. Felícia ficou justamente traumatizada. Daí por diante se tornou uma estátua na cama, dormia como uma múmia e engordou comendo morangos com chantilly. Nosso sexo nunca mais foi o mesmo e Felícia nunca mais se amarrou em ninguém.

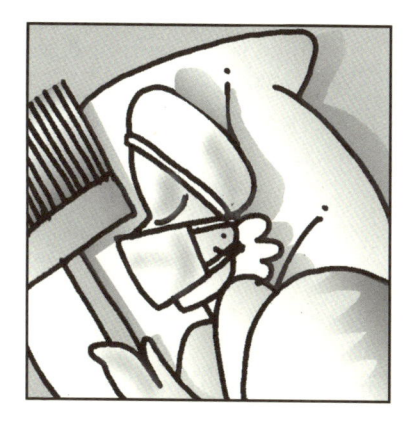

A Que Tem Mania De Limpeza

Não era uma cama de hospital, mas chegava perto. Entre um amasso e outro, passando o nariz pela fronha, dava para sentir o cheirinho do desinfetante lá no fundo. Algumas mulheres são assim. Talvez por conta de traumas infantis (como existem!), elas tratem a própria cama, o quarto e até mesmo a vida como uma experiência química e não filosófica.

O quarto é como um laboratório, tem regras rígidas que às vezes podem estar penduradas do lado de fora da porta ou contidas nos olhares e gestos de reprovação da dona. O problema é que, apesar de todas as exigências para freqüentá-lo ainda é melhor isso do que tentar levar esse tipo de mulher para a sua casa. Primeiro, porque ela não vai conseguir gozar: ficará passando o dedo na mesinha de cabeceira para ver se tem pó, cheirando lençóis e abrindo seus armários com ar investigativo. Se bobear poderá até usar luvas cirúrgicas para tocar em você. Mas não é pessoal – é patológico mesmo. Mulheres assim abrem os armários da cozinha, tocam a louça, vão até o quarto de empregada, apalpam as roupas lavadas, cheiram a roupa suja, abrem a geladeira, verificam os *tupperwares*, se você os tiver (e é melhor tê-los, para não criar problemas ali, na hora, que podem colocar o sexo a perder).

Essa atitude obsessiva acaba se expandindo para o sexo. Os cheiros do corpo humano, tão agradáveis e afrodisíacos, acabam se transformando em fator de inibição. Você é obrigado gentilmente a tomar um banho antes de tocá-la, mesmo que tenha feito isso ao sair de casa. Seu pinto tem de estar cheiroso como um pirulito de framboesa, suas mãos desinfetadas, seu hálito exalando mel e seus cabelos perfumados e limpos como a primavera. Tudo bem que isso pode até ser natural e sedutor também, mas não como padrão erótico. Sexo se faz com quem você se sente atraído e essa atração envolve tudo: do volume ao cheiro, do gosto à temperatura. Vai explicar! A gente não faz sexo numa lavanderia nem num laboratório.

Podemos fazer sexo até num chão de açougue, se o tesão assim quiser. Mas, para essas pessoas, a limpeza é um tesão ou um corta tesão. Normalmente associam sexo à sujeira, mas não estamos aqui para explicar freudianamente as taras das pessoas. Estamos aqui para falar de sexo (um pouco) e fazer sexo (muito), se possível. Só sei que essas mulheres nasceram todas para trabalhar em UTIs, adoram a cor branca e casariam virgens toda vez que fosse necessário.

Maria Paula tirava meus sapatos do quarto na hora de irmos pra cama. O cheiro dos meus pés – nada demais, é claro, apenas o odor natural da meia, misturado com o cheiro do couro – a desconcentrava, e ela era capaz de transformar uma noite de amor num acesso de tosse por engulho. Ver meu sapato sendo sorrateiramente levado para fora do quarto me magoava, pois era como se estivesse sendo reprovado no exame de admissão para aquela cama. Como prisioneiro recém-enjaulado, tinha de passar por um processo de esterilização para poder dividir meus líquidos, humores e odores com aquela pessoa em quarentena sexual. Eu ali, com minha coisa ainda dura na mão sendo criticado de uma maneira velada, mas direta, por causa do meu, digamos assim, mau-cheiro.

O sexo oral poderia ser feito num consultório de dentista tal a preocupação com a biossegurança. Só não chegamos à máscara cirúrgica porque a camisinha já era suficiente, associada ao pedaço de plastifilm que ela colocava na boca. Um dia sugeri luvas cirúrgicas, mas ela achou que eu estava pervertendo e queria coisas que ela jamais faria. Eram tantos os procedimentos higiênicos que na hora do vamos ver o tesão tinha sido esquecido no vidro de sabonete líquido dentro do boxe. Depois do orgasmo quase técnico e com os devidos cuidados para não sujar nem lençol, nem o carpete, íamos para o banheiro lavar as partes. Às vezes era a parte mais excitante pra mim. Esfrega daqui, esfrega dali... No final, fingíamos que estávamos satisfeito e dormíamos com aquele cheirinho gostoso de Passebem nos lençóis.

Mas nada disso foi pior que a masturbação com esponja naquela noite de sexta-feira. O clima já vinha aquecido desde o restaurante, mesmo com o cheiro característico do *spaghetti all'aglio e olio* do cardápio, vinho e a cigarrilha que vieram depois. O tesão era maior e, até chegarmos na cama, já tínhamos nos desfeito de roupas, acessórios, sapatos e penduricalhos, deixados previamente no corredor. Caímos na cama, cada um com a boca onde deveria. Maria Paula parou. Com um sorriso sem graça nos lábios, levantou e foi até o banheiro. Voltou com uma esponja nas mãos e um ar maroto, dizendo que havia descoberto uma maneira tailandesa de massagear o pênis do amante que era o máximo. Fiquei animado, mas logo percebi a segunda intenção do ato. Maria Paula despejou o sabonete líquido na esponja e atacou meu pau como quem limpa um pistão de motor de 8 cilindros. Só faltou soprar e dar brilho. Não sei como resisti. Até me dar conta do que realmente acontecia mantive a ereção, mas quando começou a arder por conta do sabonete, morri para o sexo. Maria Paula tentou usar água, Periogard, chá de menta... mas não foi possível. Com o pau escalavrado, mas limpo, dormi pensando no meu futuro próximo. Será que eu era assim tão sujo, tão porco, que meu pau precisava de uma faxina completa antes de ser abocanhado? Nunca tinha ouvido reclamações.

Soube que Maria Paula continua sozinha. Mudou-se para uma casa em Santa Tereza, onde você só entra se tirar os sapatos. Se for homem e tiver interesses sexuais, só entra se tirar o pau.

A Que Sofre Com Rinite Alérgica

Quase todas as mulheres têm algum tipo de alergia. De dia as alergias se manifestam na pele, e de noite no sistema respiratório. Desse grupo fazem parte as que detestam ar-condicionado – o inimigo mortal das alérgicas – como um subgrupo radical por conta das manifestações noturnas. Do assoar o nariz cada dez minutos até o uso constante de remédios para pingar, aspirar e ingerir, elas são capazes de agitar a sua noite de uma maneira inesquecível.

Dependendo do nível do envolvimento afetivo, a relação pode durar só alguns dias. Na primeira noite passada juntos o episódio pode ser encarado como acidental, motivado por uma gripe inesperada. Mas, com o passar do tempo, a constatação de que aquele estado gripal não passa leva à conclusão irrevogável e trágica: ela é alérgica.

Uma mulher alérgica é uma mulher alérgica. Requer uma dedicação toda especial. Primeiro: ela não pode ser alérgica a homens em geral, nem a você em particular. Porém, dependendo da sua atitude diante das manifestações alérgicas dela durante a noite, ela pode não só se tornar alérgica a você como sua inimiga mortal. Pode também difamá-lo entre as amigas. As alérgicas se conhecem todas. Formam uma espécie de Clube da Rinite. Todas se comunicam entre si para trocar receitas, últimas novidades no campo da otorrinolaringologia e passar informações sobre homens mais ou menos resistentes à alergia. À alergia delas, é claro.

Homens alérgicos são poucos e normalmente são mais alérgicos a coisas de pele. Formam logo perebas, manchas vermelhas ou escamam. Rinite é feminina e, pior, ataca as mais jovens com mais intensidade. Toda alergia tem seu tempo de duração. Em crianças dura até a adolescência, depois some. Em mulheres se manifesta no início da vida a dois – talvez até para pôr à prova a força da relação – e termina quando o casal se separa. Estranhamente quando a mulher está sozinha a rinite desaparece, dá uma trégua. Bastou encontrar um namorado, ela volta. Há uma corrente da alergologia que afirma estar a rinite alérgica inversamente ligada ao estado emocional das mulheres. Não é o namorar que causa a crise alérgica, mas o estado emocional afetado que enfraquece a resistência, acelera a freqüência cardíaca, estimula a respiração ofegante e atinge as vias respiratórias superiores. Enfim, você está indo pra cama com um verdadeiro caso médico. Ou goza ou estabelece uma nova teoria.

Essas mulheres não deixam você em paz a noite toda, mas, ao mesmo tempo, são movidas por um senso de culpa muito grande – justamente por causa disso. Cada vez que espirram, mesmo que você esteja dormindo, elas o acordam para se desculpar. Cada vez que tem de pingar Rinosoro ou Sorine nas narinas, além de se mexer na cama, acendem a luz, inspiram ruidosamente o remédio e dão um beijo carinhoso de pedido de perdão. Se você não acordou com todo o barulho do atendimento de emergência, acorda com aquela vozinha fanha no seu ouvido: "Desgulpa, abor"...

Elza era alérgica desde os 24 anos. Quando a conheci tinha 26, ou seja, estava no esplendor de sua alergia. Dois anos para quem sofre de rinite é nada. Um universo ainda a descobrir. Mas ela não tinha sido a primeira. Aliás, nem a segunda. Aliás, pensando bem, todas as mulheres que tive sofriam de rinite alérgica. Umas eram mansas, outras furiosas. Uma até me culpou por sua alergia. Uma outra eu curei, disse ela, no dia em que a deixei. Mas Elza era a campeã. Quando não espirrava, roncava. Quando não roncava, apitava. Era uma verdadeira pesquisa de sons e percussão, fonte de inspiração para o Hermeto Pascoal, agravada pelo frêmito corporal que se manifestava sempre que espirrava.

Mas Elza adorava sexo. Não era alérgica a homens nem a posições menos ortodoxas na hora do amor. Gostava mesmo de inventar situações e artifícios para realçar o sexo entre nós. Uma vez estávamos transando no banheiro que foi da Princesa Isabel no Museu Imperial de Petrópolis. No meio do sexo, calça arriada, saia levantada, Elza começou a registrar no seu sistema respiratório superior mais de 150 anos de história e poeira. Quando estava para gozar ela começou a espirrar. Paramos na hora. Tentei me vestir e achar o lenço de papel na sua bolsa ao mesmo tempo em que vigiava a entrada do banheiro para não sermos surpreendidos pela "guarda imperial". Elza conseguiu se recompor, mas a crise não passou. Dois dias depois ainda espirrava cada vez que lembrava do Imperador.

Só que eu gostava dela. Consegui me habituar aos seus ruídos e levamos adiante a relação por um bom tempo. Toda a manhã ela me perguntava se tinha roncado. Eu dizia que não, primeiro para não deixá-la culpada e piorar sua alergia e, depois, que às vezes realmente eu não ouvia por ter conseguido dormir. Sou um homem ciente das características primárias dos gêneros masculino e feminino. Sei que as mulheres são assim e não iria adiantar muito tentar achar alguma não alérgica. Algumas mulheres quando conseguem curar suas alergias ficam mais tristes, perdem um pouco daquela energia, fonte constante de tensão que as liga diretamente à natureza, ao ambiente em volta, aos cuidados do dia-a-dia e às prevenções que a vida moderna acarreta. Enfim, se tornam pessoas normais e acabam se preocupando com o que não devem, tipo o namorado da filha adolescente, o cachorro do vizinho ou a sua estranha predileção por partidas de futebol no sábado à tarde. Portanto, melhor uma mulher alérgica e feliz do que uma infeliz. Ouso até a afirmar que alergia não tem volta. Acabei então me adaptando mais uma vez àquela condição e minha relação com Elza não terminou por causa de seus espirros e de seus roncos. Ela me traiu com seu otorrino.

Outras Tantas

Algumas mulheres não chegam a formar uma categoria, ao menos na minha avaliação, por falta de experiência suficiente – mas juntas compõem um quadro variado de manias e taras na hora de dormir que podem ser tão ameaçadoras quanto uma quadrilha. Posso confessar que já passei pelo menos uma noite com cada uma delas e jamais esquecerei os momentos de prazer ou desconforto que cada uma me proporcionou. Não casei com nenhuma delas, graças a Deus. Aquela com quem casei, uma só vez, era do tipo que gosta de casar e só. Não rende num livro como este e sim num compêndio sociológico, numa lista telefônica ou simplesmente no registro civil de um país. Mas a que a gente casa normalmente reúne um pouco de cada uma dessas que encontra pela vida antes do casamento.

    Por isso seria impossível não lembrar da tímida Clarisse. Pele alva, corpo franzino e delicado, cabelos dourados e encaracolados, vestidos leves que ela não tirava na minha frente em hipótese alguma. Tinha vergonha do seu corpo e do meu, só transava no escuro e jamais quis conhecer meus amigos. Era tímida, muito tímida, mas aquilo de certa maneira me excitava. A dificuldade de chegar até sua pele transformava a tarefa num desafio erótico quase tão fascinante quanto a primeira experiência sexual. Nosso namoro durou pouco, consegui mal vislumbrar um pedaço de seus seios e a temperatura de sua coxa na hora do orgasmo. Mais não consegui, mais Clarisse não permitiu. Minha mãe achava, não sei por que, que Clarisse seria minha esposa ideal. Quando ia apresentar uma à outra, Clarisse sumiu, o que para uma pessoa tímida como ela não era difícil. Soube mais tarde que ela se casou com um ginecologista, e depois de algum tempo tomou coragem, largou o marido e foi ser oficial da marinha.

* * * * *

Também não consigo esquecer a Eliana, a do contra. Conheci Eliana a primeira vez nos tempos de diretório da faculdade de desenho industrial. Eliana era a líder, a mais contestadora, nossa porta-voz para os assuntos mais cabeludos com a reitoria. Gostava muito de sexo, mas nunca na mesma hora que você. Transou com mulheres quando a moda era dar pros homens. Cansou das mulheres na hora em que era *fashion* ser lésbica. Engordou na fase das Twiggies e emagreceu quando ter peitos e bundas era o quente. Eliana era contracorrente e por causa disso gostava de dormir ao contrário. Mesmo tendo tara por pés, seria difícil conviver com os seus na minha cara sem contar as vezes que coçava o meu nariz no meio da noite com o seu dedão. Eliana gravitou no movimento sindical, fez teatro, estudou psicologia, viajou para os Andes, foi pagar promessa em Fátima, fez filme pornográfico e hoje trabalha no segundo escalão do governo Lula. Quando fui louco por ela, me ignorou. Quando ela me quis, não rolou. Rolou um dia, ou melhor, uma noite. Fizemos um 69 e acordei com seus pés na minha cara.

* * * * *

Já a Priscila colava em mim. Tinha medo de escuro e gostava da minha temperatura. Morria de frio e eu de calor, incompatibilidade insustentável. Ela engatava nas minhas costas às duas da manhã e só descolava as dez, quando ensopado e com o calor da manhã começava a gelar. Não conseguíamos transar. Sua carência aliada ao frio a tornava uma espécie de mochila de urso panda que agarra nos seus braços e da qual você não consegue se desvencilhar. Era um sexo contido, de pequenos gestos, pouco impulso, quase nenhuma inflexão. Grudou, gozou e olhe lá. Depois era uma noite inteira agarrada em você. Uma vez acordei sem sentir os braços, as pernas e o abdome. Só percebi que estava vivo porque Priscila continuava grudada no meu pau que, teimoso e inocente, insistia em ficar duro. Foi o que me salvou. Concentrei toda a minha força ali e, numa espécie de alavanca fálica, desgrudei de suas garras delicadas. Priscila não acordou e nunca mais a vi. Deixei quatro travesseiros no meu lugar.

* * * * *

Adélia falava dormindo. Às vezes coisas sem sentindo, outras vezes aprofundando teses sobre a biodiversidade, outras tantas revelando segredos da sua vida íntima que depois, ao acordar, ela negava com veemência. Durante os primeiros tempos do nosso namoro, depois de me assustar inicialmente, passei a acordar e a ouvir curioso o que ela falava. Na maioria das vezes não fazia muito sentido, mas em alguns casos dava para identificar um sonho erótico que nunca terminava bem. Jamais presenciei Adélia tendo orgasmo. Sempre que a coisa esquentava, me aproximava dela na esperança de que sobrasse alguma carícia pra mim – mas o máximo que ela fazia era se abraçar ao travesseiro. Depois de algum tempo, quando percebi que aquilo era uma síndrome adquirida, começou a me incomodar. Além de achar o assunto desinteressante, porque não fazia sentido e o sonho erótico era todo cifrado como uma luta, ou uma aula de aeróbica, comecei a perder o sono. Quando eu conseguia dormir ela acordava e aí queria conversar, contar seus sonhos. Nossa relação ficou muito repetitiva e previsível. Depois que terminamos passei uma semana em retiro espiritual num monastério no Espírito Santo. Só ouvia a voz de Deus.

* * * * *

Iolanda dormia em cima de mim. Mesmo com a cama enorme que tinha em casa dormia sempre em cima de mim, acreditando na teoria de que dois corpos podem e devem ocupar o mesmo espaço ao mesmo tempo. Transávamos até com um certo pudor. Iolanda gostava de um papai-mamãe e, nos momentos de maior desenvoltura, um sexo de quatro, justamente para manter distância. Por cima ela jamais topou, mas na hora de dormir era impossível. Começávamos cada um de um lado da cama e era só ela adormecer para vir totalmente inconsciente para cima de mim. Começava com os pés, depois as pernas se enrolando nas minhas para então, por último, se acomodar em cima de mim, rosto no rosto, nariz no nariz e em sono profundo. Nessa hora eu inevitavelmente acordava. Tentava me esquivar saindo de lado, mas Iolanda era sólida, consistente e decidida na sua posição. Tinha de ser um golpe só, certeiro e decidido. Juntava forças, prendia a respiração e, como naquele truque de quem tira a toalha da mesa sem derrubar a louça, eu saía de baixo. Iolanda continuava com a cara no colchão e eu, livre, podia dormir em paz. Terminamos, é claro, e não preciso nem dizer que tirei um peso de cima de mim.

* * * * *

Aparecida era quase um clone de si mesma. Usava tudo postiço. Unhas, sobrancelhas, cílios – fora o silicone nos seios, nas nádegas, no braço, na coxa, na batata da perna e no cérebro. Parecia uma boneca inflável e, quando não tomava cuidado com o próprio equilíbrio, era capaz de adernar para frente ou para trás de acordo com o vento. Sua bunda e seus seios eram como pontos cardiais dessa bússola artificial que era seu corpo. Se deitasse na cama distraído poderia ser rechaçado pela flexibilidade do silicone. Mas era gostosa de brincar.

* * * * *

Francisca trabalhava com computadores. Vivia conectada. Sua cama era ligada a um sistema de movimentação circular acoplada a um *chip* e conectada à internet. Aliás, Francisca era conectada à internet. Nos conhecemos num *chat-room* erótico para adultos solitários e torcedores do Fluminense. Nos encontramos diante do seu computador e, depois de navegar durante horas pelos *sites* pornográficos dos cinco continentes, caímos na cama num *download* interminável de carícias. Francisca tinha um *site* pra tudo: das diversas maneiras de iniciar as preliminares até os mais variados tipos de orgasmos cármico, múltiplo e cibernético. Sua cama era vigiada por uma *webcam* que transmitia para o mundo nossa vida sexual. Foi aí que a coisa pegou. Entre *spams*, *pop-ups* e vírus invasores, deletei Francisca da minha vida. Apesar da conexão perfeita que tínhamos, foi um alívio trocar o sexo digital de Francisca pelo manual de Onan.

* * * * *

Adelaide era religiosíssima. Rezava e gritava "Ai, meu Deus!" antes de cada orgasmo. Nas duas semanas em que estive apaixonado por ela, conseguiu me fazer ir à missa aos domingos e a ver o programa do Padre Marcelo enquanto transávamos. Era uma tara estranha, que devia se originar de repressões infantis ou de algum padre tarado da paróquia do bairro. Como Paulo Coelho, Adelaide queria provar que o sexo era uma manifestação divina e que o orgasmo poderia ser contado como as ave-marias de um terço. No segundo Pai-Nosso desisti, não sei se por cansaço ou por fé de menos naquele nosso amor.

* * * * *

Olga fumava muito. Fumava no quarto, o que deixava o ambiente impregnado de fumaça e de um cheiro ruim – que, dependendo da sua vontade sexual, pode ser determinante para uma broxada. Tentava não ter mau-hálito, mas era quase impossível. Precisaria passar o dia escovando os dentes. Acordei um dia com o lençol pegando fogo. Olga dormia já com outro cigarro nos lábios (que, ao contrário, me parecia acordadíssimo), era uma verdadeira brasa, mora? Saí pulando da cama enquanto jogava o copo de água da mesinha de cabeceira na cara de Olga. Ela cuspiu o cigarro e me pôs pra fora de casa. Esqueceu que a casa era minha. Assim mesmo não se fez de rogada. Pegou suas coisas, acendeu mais um e com uma baforada na minha cara se despediu: "Detesto homens não fumantes!".

* * * * *

    Sandrinha dormia de roupa, muita roupa, Elisa dormia no chão por causa da coluna, Mila gostava de dormir na banheira. Éster com o dedo na minha boca, Pina com máscara, cremes, meias e luvas. Júlia era gorda, Lize muito magra, Alba não dormia e Cris falava sonhando. Mas foram todas mulheres maravilhosas dessa minha vida sexual, que não necessariamente se esgotou aqui. Dormir junto pode acontecer com qualquer um. Acordar junto diferencia um acidente de percurso de um episódio que fica para sempre na nossa memória.

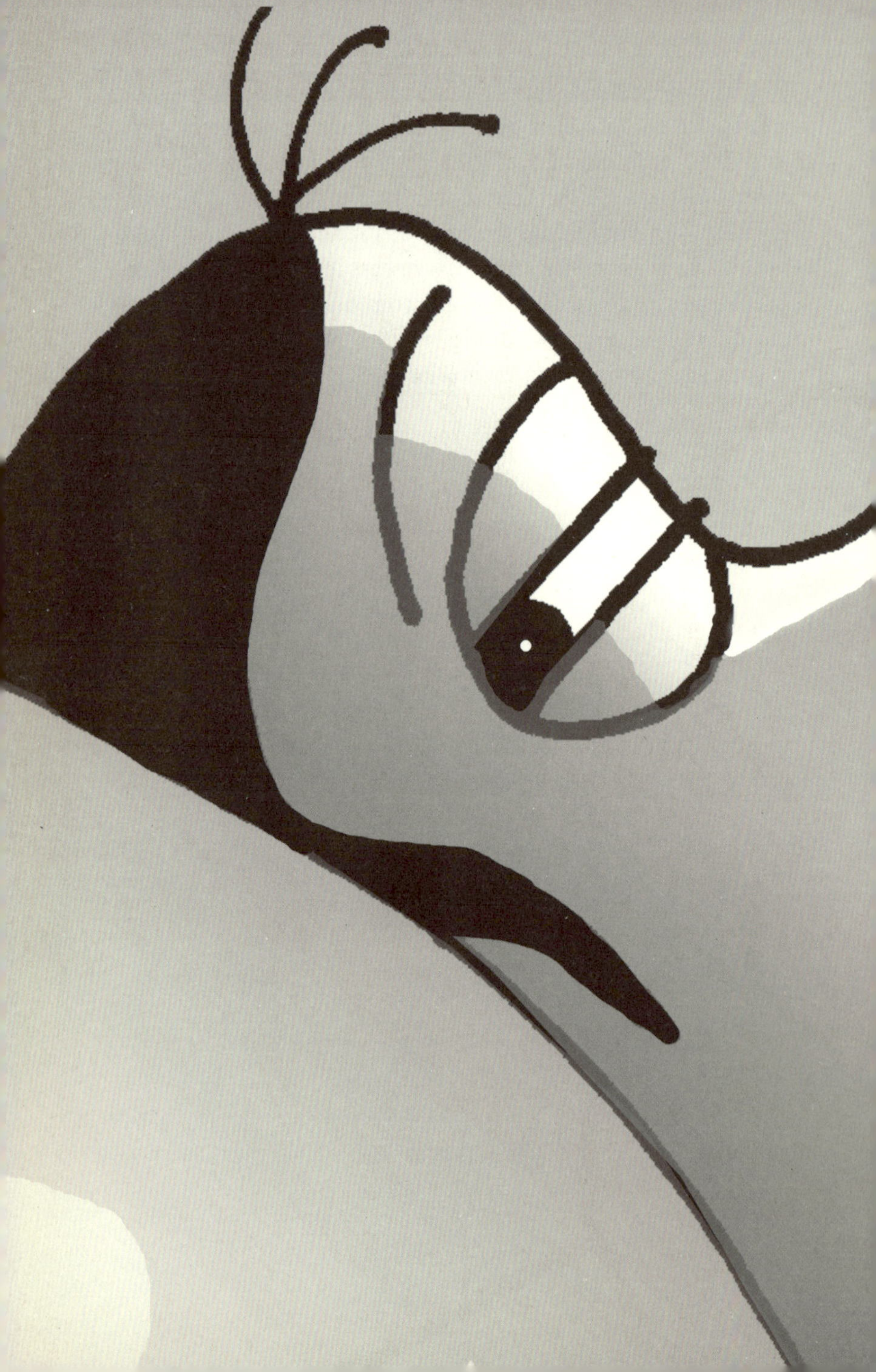

ACORDANDO JUNTO

A Atleta

Eu achei que era a Ana Maria Braga ensinando a fazer ovo frito, mas não: era o sol mesmo, batendo na minha cara às seis da manhã. Será que tinha esquecido a janela aberta? Nunca faço isso em casa, muito menos assistir a Ana Maria Braga. Minha filha às vezes vem fazer uma gracinha comigo na cama, mas seu programa matinal preferido é a ginástica que passa no canal esportivo. Quando abri mais um pouco os olhos, vi que não estava em casa. Como num *flash* lembrei que tinha ido dormir na casa de Camila, tri-atleta, competidora de *iron-woman*, professora de aeróbica e presidente de honra da ONG Amantes da Natureza.

Com tantos títulos, o que Camila fazia na cama era secundário. Minha barriga discreta, mas presente, se encolhia toda ao simples toque de suas mãos. Passava o tempo respirando aos poucos, sem relaxar nem um minuto para não parecer mais do que eu sou, ou seja, mais barrigudo do que na verdade tento esconder. Camila parecia não se incomodar com isso. As mulheres não se incomodam muito com isso, desde que você não seja um obeso mórbido – aliás, tirando a seriedade da doença, obesidade mórbida assusta, é quase um monstro daqueles que a mãe da gente ameaçava chamar se a gente não dormisse – e seu corpo se mantenha de pé com certa elegância, o que vale é o seu sorriso, o seu carinho e a sua sensibilidade com uns *güentas* de vez em quando.

Depois desse resumo rápido e chulo do que é a relação homem-mulher, voltemos ao caso Camila. Entre uma inspirada e uma suspirada, nos amamos a noite toda. Camila parecia gostar de mim, do jeito que eu a admirava e dedicava todo o meu talento erótico que, dependendo do dia, pode ser inspiradíssimo. Nessa noite foi. De tão animada, Camila chegou até a cronometrar o tempo do segundo orgasmo. Era um recorde. Dormiu satisfeita, deitada no meu peito tal qual uma medalha de ouro. Sonhei que estava em Atenas, não nas olimpíadas, mas na Grécia Antiga mesmo, um verdadeiro deus do Olimpo, um guerreiro, um vencedor, um mito do amor e do sexo.

Quando acordei com aquele sol infernal nos meus olhos e misturei com o ovo da Ana Maria Braga, mal sabia que Camila, já totalmente paramentada para a sua corrida diária na praia, preparava o nosso desjejum – e, o pior, contava comigo para as duas coisas. Correr na praia àquela hora pra mim estava mais distante do que a Grécia antiga. Comer o desjejum que Camila preparara, mais ainda, apesar de não ter nada de grego nele. Um copo gigante de açaí, uma salada de frutas com granola, um iogurte natural diet e uma fatia de tofu. Tofu, pensei. Se eu conseguisse entornar metade daquele balde de açaí teria de me refugiar no banheiro pelas próximas duas gerações de atletas gregos. Era uma missão impossível.

Aleguei falta de fome, disse que pela manhã não comia, que preferia me exercitar com estômago quase vazio. Menti, não pelo estômago, mas pelo exercício. Camila discordou, puxou mil teorias sobre o que comer antes de correr e eu pensei que ela seria a melhor comida. Nem pensar, respondeu, sem responder, na minha intuição. Quem se dispõe a correr na praia às seis da manhã não inclui o sexo entre suas prioridades matinais.

Conformei-me com a salada de frutas com granola, vesti meu Bamba (para desgosto e repúdio dela) e lá fomos nós. Quer dizer, lá se foi ela. Eu fiquei entre o posto 9 e o posto 8, me dividindo entre uma caminhada lenta, mas profunda, e uma reflexão em movimento sobre os destinos da humanidade em geral, e daquele namoro em particular. Às vezes me pergunto por que as mulheres têm critérios tão estranhos sobre suas preferências amorosas. Pela lógica Camila não deveria se interessar por um tipo como eu, mas talvez o fato de o "tipo como eu" ser eu explique tudo. Mulheres lindas e delicadas se casam com homens feios, grossos e brutamontes com uma freqüência enorme.

Parei para tentar concluir esse pensamento quando Camila passou por mim ao lado de um rapaz enorme, moreno de olhos verdes, musculoso, forte, quase sem pêlos no corpo, com um short de tec-tel branco contrastando com sua pele bronzeada e suada. Quase não prestei atenção nele, mas Camila parecia ter achado sua metade da laranja ou da maçã, se a dieta for mais pesada. Esperei que ela voltasse num quiosque tomando um coco. Camila chegou com um sorriso nos lábios, que não escondia o prazer que havia vivido. Eu a recebi com meu jeito sério de intelectual que vai à praia numa concessão democrática à vontade da maioria ou como ordem médica. Ela sentou-se do meu lado e percebeu:

"O que foi, amor? Algum problema?"

"Não adianta disfarçar, meu bem." (Adoro usar meu bem quando não estou nem alegre nem triste. Deixa uma impressão de dúvida, de incerteza no ar) "Eu vi você com aquele corpo de delito correndo ao seu lado, o seu sorriso, o seu prazer. Vocês deviam estar na mesma freqüência cardíaca, com os mesmos batimentos, correndo na mesma cronometragem."

"Ora, amor, somos apenas bons atletas."
Preferi não passar mais por situações constrangedoras como essa. Fui relaxando nas caminhadas, abrindo mão do açaí e tentando esquecer aquele corpo diabólico que, além de bater recordes incríveis, exercia a banal e natural arte de fazer sexo como poucos.

Ainda acompanhei a carreira de Camila por alguns anos, comprando jornais e revistas especializadas. A última vez que tive notícias dela foi no convite de casamento. Ela e seu noivo, que na minha imaginação devia ser aquele moreno da praia (e vocês não tentem mudar essa história, porque assim meu instinto se justifica mais), iam se casar no Havaí, depois de uma prova de *iron man*. Tudo bem: o rapaz era um deus, mas nunca deve ter ouvido falar da mitologia grega, nem bebeu uísque com Rubem Braga, nem foi ao Scala de Milão, nem ouviu o Bobby Short cantar no Café Carlyle de Nova York, nem... Bem, deixa pra lá. Não tenho intenção de humilhá-lo. Uns tem saúde física, outros saúde mental e outros apenas espirram. Saúde!

A Esquecida

Acordar com uma mulher gritando ao seu lado desesperadamente "Quem é você? Quem é você?" é realmente de enlouquecer. Primeiro, que você pensa que ainda não acordou, que está tendo um pesadelo terrível com elementos do real que parecem verdadeiros. Aquela mulher afinal não é estranha: o quarto, se não for o seu, você pelo menos identifica, e se for seu, é absolutamente familiar.

A partir daí você começa a achar seriamente que não está sonhando, que a mulher continua gritando e que aquela situação está se tornando dramática, para não dizer ridícula. Nessa hora você se levanta da cama e, com o ar mais puro e inocente, diz o seu nome. Ela pára, escuta e logo depois volta a gritar. Se você estiver na casa dela reze para que nenhum segurança, porteiro, vizinho ou filho adolescente dormindo no quarto ao lado ouça os gritos. Até você explicar para uma total desmemoriada que você só a estava comendo, vai passar um bom tempo na cadeia.

As esquecidas são uma classe quase que patológica, mas presente. Algumas fazem o papel de esquecidas por problemas de rejeição, e querem que você reafirme a cada crise que é você mesmo quem está ali ao seu lado. É claro que essa situação não deve durar muito, pois rapidinho é você que as esquece.

Mas existem as esquecidas crônicas. As gradações são inúmeras. Primeiro, tem aquela que esqueceu quem é você depois de insistir para você ligar. Quando você diz seu nome, ela repete junto com um "quem?". Se sua paciência for curta, pode desligar o telefone. Se não, insista – elas são esquecidas mesmo. Depois tem aquela que esquece o que disse. Numa relação estável é muito comum acontecer isso e ser motivo para desavenças entre o casal. Uma diz, o outro responde e depois nenhum dos dois lembra. Alguma horas ou dias mais tarde, acabam lembrando e rindo do esquecimento. Mas é um vício e acaba se repetindo muito, até um passar a não levar mais o outro a sério. Aí é o fim da relação, e isso ninguém esquece. As esquecidas mais graves são aquelas vítimas de forte emoção por conta de um trauma ou mesmo de orgasmo muito intenso. É dessas que estamos falando e, sendo uma história que aconteceu comigo, é exatamente o caso de um orgasmo intenso.

Acabara de conhecer Melanie. Filha de americanos, mas criada no Rio de Janeiro, era assessora de imprensa de uma multinacional. O seu trabalho exigia uma cabeça ligada e jamais imaginei que ela fosse capaz de tamanho esquecimento. Marcamos um encontro para jantar e tudo correu bem, com horas certas e locais definidos. O jantar foi ótimo e ao sairmos do restaurante ela me convidou para um drinque na sua casa. Queria me mostrar uns livros de arte e uns textos que estava escrevendo para a campanha que estávamos programando juntos. Lá fui, achando que aquilo ia acabar na cama.

Melanie era, como todas as mulheres deste livro, um espetáculo. Pernas longas, corpo esguio e elegante, cabelos compridos e macios e uma pele clara que demonstrava sua ascendência americana. Fomos no meu carro e já pintou um clima. Mãos na nuca, sorriso, um toque sem querer em suas pernas, um sorriso meio sem jeito e logo chegamos. Subimos ao décimo andar de um apartamento típico de zona Sul e, ao som de Billie Hollyday e duas doses de vinho do Porto, começamos a nos beijar. Nem abrimos o material que tínhamos para ver. Esquecemos. Fomos dali para seu amplo quarto de dormir já deixando as roupas pelo corredor. Melanie sabia tudo sobre sexo, falava duas línguas e não sabia dizer não em nenhuma delas. Sem precisar de tradução simultânea fomos em frente por horas e horas, que na realidade devem ter sido duas horas, mas a sensação de eternidade era enorme. Sessão encerrada, nos abraçamos e dormimos.

Talvez não fosse esse o plano, nem meu nem dela. Afinal, tenho casa e empregada que me serve café da manhã quando acordo. Não sei de Melanie, mas americanas, apesar de saidinhas, não se entregam assim facilmente depois de uma noite de amor. O fato é que acordei com seus gritos. Aí sim precisei de tradução simultânea ou, no mínimo, legendas em português. Achei que era a televisão, mas não havia televisão no quarto. Podia ser o vizinho, ou o pai de Melanie, é isso, um *pit-bush* doméstico, vai ver até agente da CIA? E se fosse um marido *serial killer*? No meio dos delírios, me dei conta de que era ela mesma. Estava de pé do meu lado na cama, com um olhar espantado, um urso de pelúcia na mão direita e um facão na esquerda. Esse era o problema. E se não tivesse tempo de responder quem eu era antes da facada? E responder em que língua? Quais eram as intenções do diretor daquele filme de terror em que eu estava entrando sem ser convidado?

Pulei da cama e tentei acalmá-la.

"Sou eu, lembra? Te comi gostoso ontem à noite."

Claro que não disse isso. Seria uma loucura.

"Sou eu, trabalhamos juntos, lembra? Viemos aqui ver seus textos."

Mas que textos? Não vimos nada. Disso ela certamente se lembraria.

De repente, quando já me achava morto e esfaqueado por uma semigringa, ela se jogou na cama aos prantos. Dizia por entre os lençóis que aquilo sempre acontecia. Era uma espécie de amnésia pós-orgasmo, da qual ela não conseguia se livrar. Ela se sentia uma infeliz porque não podia nem gozar em paz, me pedia mil desculpas e morria de vergonha. Tentei acalmá-la e acabamos nos beijando novamente. Melanie se enroscou nas minhas pernas, explorou meu corpo sem pudor com suas mãos e logo estávamos um em cima do outro, na cama, prontos para mais sexo.

Parecia que estava tudo esquecido, mas não. Dessa vez fui eu que pulei fora. Não conseguia ir adiante. Com mais medo do que eu, meu pau se recolheu. Inventei a desculpa da hora, do trauma, do susto, do constrangimento e comecei a ir embora. Já pensou se ela goza daquele jeito de novo? O que ela tinha quando gozava uma vez eu sabia – mas e quando gozava pela segunda vez? Será que a amnésia regride antes da facada? Não quis conferir. Trabalhamos ainda um bom tempo juntos, mas não transamos mais. A primeira ameaça de morte a gente não esquece.

A Estressada

Dependendo da posição em que dormiram, certas mulheres acordam de mau humor. Outras acordam de mau humor mesmo tendo dormido bem – e ponto. O simples fato de terem de acordar já as transforma, e se você, de alguma maneira, for responsável por esse despertar, mesmo que acordando a moça com beijinhos, será a primeira vítima dela.

Já acordei ao lado de várias mulheres matinalmente estressadas. Depois do meio-dia, elas se transformam como borralheiras invertidas e passam a ser gracinhas até a hora de dormir. Para essas mulheres, o momento ideal para o sexo é a matinê. Sessão de duas às quatro, com direito a meia hora de cochilo antes de voltar para o trabalho. Quando a noite chega e a hora de ir para a cama se aproxima começa o surto, a imaginação já projeta a carência de sono acumulada e a borralheira novamente se transforma, dessa vez no sentido correto. Bateu meia-noite e o guichê fecha. Viram abóboras.

Difícil se colocar ao lado de mulheres assim, e olha que não são poucas. Com o passar do tempo você começa a descobrir outras brechas nos horários biológicos em que o sexo talvez seja bem-vindo. Logo que chegam do trabalho, no período conhecido como *happy hour*, você poderá desfrutar realmente algumas horas felizes, se o tesão também estiver acumulado. Pode ser uma boa alternativa. Os motéis lotam nessas horas. Evita-se o *rush* ao voltar pra casa, os desprazeres ao voltar pra casa, enfim, evita-se a casa. Para quem não gosta de motel ou não tem problemas ao voltar pra casa porque mora sozinho, a *happy hour* em casa pode ser a solução ideal. Nesse período a mulher ainda está em estado de graça. Parou de trabalhar, a luz do crepúsculo favorece, e é no entardecer que os sonhos são criados. Aproveitem.

Emília, apesar de uma beleza, era a mulher mais estressada do mundo quando acordava. Eu procurava evitar sua companhia nesses momentos, mas às vezes não conseguia e acabava acordando junto com ela. No final de semana era pior. Para os incautos, pode até parecer que um sábado ou um domingo sem compromissos tem tudo para amainar os ânimos de uma estressada matinal. Engano seu e meu. O fato de ser um fim de semana ensolarado pode ser o início de uma reversão trágica de expectativas. Emília adorava a chuva, adorava ouvir nas manhãs de domingo o tilintar das gotas de chuva no aparelho de ar-condicionado ligado. Os 20 graus de temperatura do quarto criavam um clima de inverno londrino que nem um alarme de incêndio seria capaz de tirá-la da cama. Se deixasse, Emília não acordava. Adiava aquele momento de mau-humor *ad eternum* criando uma dúvida se aquele dormir era um prazer ou simplesmente uma fuga desesperada do desprazer anunciado. Acordar às cinco da tarde só transformava o estresse de matinal em vespertino.

No período em que namoramos fui ao Maracanã todos os domingos, não importando o time que estivesse jogando. Até a reunião evangélica fui assistir, por engano. Emília acordava e eu estava tomando minha cervejinha quente na arquibancada do Maraca. Meus amigos de outros times adoravam. Numa partida entre o América e o Bonsucesso, um dos 64 espectadores era eu, a companhia ideal. Lá pelas sete voltava pra casa e Emília era quase um animal selvagem. Tinha acabado de ler o jornal e estava louca para sair de casa, para curtir a noite antes de ter de dormir e, com isso, acordar de mau humor no dia seguinte. Acho que nunca conheci alguém com tanta predisposição para a infelicidade. Se não fosse aquele par de pernas! Quando ela estava assim eu entrava e saía no mesmo pé. Emendava numa pizza no final do Leblon e dali voltava para a minha casa, onde minha cama, sozinha e convidativa, me recebia de braços abertos.

E olha que Emília gostava de mim. Nos períodos de paz sexual em que vivemos me fez declarações de amor comoventes, que eu a entendia, a respeitava, a deixava dormir. É verdade, nossa relação era um exemplo de respeito unilateral. Eu a respeitava tanto que evitava barulhos e desconfortos que nem transando eu queria que ela percebesse. De repente, mudava de idéia... Preferia deixá-la dormindo e imaginar como poderia ser bom se ela acordasse na boa. Acabei deixando Emília de vez. Seu mau-humor não valia o par de pernas. Acordei cedo, antes dela (o que era fácil) e fui embora, guardando na memória aquele rosto adormecido, apagado, distante e quase sem vida. Aliás, se estivesse morta certamente estaria mais feliz. Afinal, os mortos não têm mais de acordar contra a vontade.

A Hospitaleira

Além de ser um perigo dormir com alguém que tenha um passado (como já vimos), é também um risco certas mulheres que mantêm um relacionamento amistoso com seus ex-namorados ou maridos. Marion era uma típica representante da zona Sul do Rio de Janeiro. Fez comunicação, freqüentou o píer, a Pizzaria Guanabara, já esteve na casa de Paulinha e Caetano, foi uma das primeiras freqüentadoras do Circo Voador e hoje trabalha numa ONG ecológica que protege mariscos e moluscos da Barra da Tijuca.

Nós nos conhecemos na festa de uma empresa de celular na Marina da Glória. Não sei quem cantava, não dava pra ouvir, nem como cheguei lá. Fui chegando, do trabalho ao bar, do bar ao outro bar, do outro bar à casa do Fabinho, da casa do Fabinho à casa de não me lembro quem até que encostei numa cerca na festa ao lado de Marion, que acabava de beijar um moreno de dois metros de altura, todo tatuado e de óculos escuros. Marion engatou uma conversa comigo como se fôssemos amigos de longa data e, de uma certa forma, olhando de um certo ângulo, poderíamos ser. Conhecíamos metade dos amigos um do outro, apesar da diferença das nossas idades. Homens procuram mulheres mais jovens e mulheres mais jovens procuram homens mais velhos. É quase sempre um desencontro, mas durante festas e até mesmo na cama rende alguma emoção.

Às quatro da manhã estávamos na Guanabara comendo uma pizza *mezza* muzzarella, *mezza* gordura. Meus lábios ficaram dormentes na primeira mordida, mas Marion era muito divertida. Jovial, alegre e interessada, me encheu de perguntas como quem admira os mais velhos e sabe da importância que as experiências podem trazer. Falei da minha vida estudantil, das duas prisões, das viagens com ácido, dos tempos em Londres, do meu trabalho, das pessoas que conhecia e freqüentava e das minhas idéias sobre política e cultura em geral. Marion ficou impressionada. Nem comeu a pizza. Bebia o chope e minhas palavras.

Confesso que fiquei vaidoso, cheio de mim, com tesão. Ela também achava que tesão é uma coisa de cabeça, que passa pelo interesse, pela afinidade, pela energia emanada, pelo astral em sintonia, essas coisas todas que foram fazendo meu pau ficar duro. Marion sentiu, eu também. Ela morava ali ao lado, na Rainha Guilhermina, num apê emprestado por uma amiga que tinha se mudado para a Finlândia por causa de um professor de geografia. Não entendi a relação, mas Marion me arrastou para lá. Enquanto não arrumava uma casa só sua com a grana que estava juntando no trabalho e nas traduções que fazia, ia ficando por lá, com o encargo de pagar as despesas da amiga. Já estávamos nus na cozinha e o papo ainda rolava. Até a primeira chupada, eu já sabia tudo da amiga. Fomos pra cama e ainda no embalo da gordura da pizza, do show do celular e do sol que pintava de amarelo o lençol desarrumado da cama, transamos de uma maneira frugal, simples e satisfatória. Nada de mais transcendental como prometia, mas na medida justa para o fim de um dia intenso como aquele.

Aliás, que dia seria? Adormeci com essa questão filosófica na cabeça e acordei com um bafo louco de cigarro e alho na minha cara. Quando abri os olhos a primeira coisa que vi foi uma cortina de bigodes e cabelos louros. Marion era morena, ao que me lembro. Abri mais um pouco os olhos e vi uma orelha enorme, um brinco, uma boca aberta que fedia e um dente de ouro que refletia o sol na janela. Movi lentamente a cabeça, tentando me desvencilhar daquela figura que pressionava meu peito. Da cintura para baixo sentia uma respiração quente e úmida nos pêlos da minha perna. Tentei me mexer, mas não conseguia. O braço estava dormente, as costas imobilizadas e suadas, a perna sendo abafada pela respiração (de Marion, suponho) e meu pé, sem meia, gelado por causa da interrupção da circulação. Levantei o tronco e vi que era realmente Marion lá embaixo. Aqui em cima, uma espécie de viking com mau hálito e camisa do Flamengo roncava direto no meu pavilhão auricular. Pensei que, com meu gesto brusco para levantar, os dois fossem acordar, mas nada. Caíram cada um para um lado e continuaram. Eu fiquei ali no meio dos dois me sentindo ridículo, nu e sem saber o que realmente havia acontecido. Dormi numa relação sexual absolutamente convencional – apesar da pizza gordurosa – e acordei no meio de uma suruba provavelmente internacional, sem lembrar do que havia vivido ou sentido.

Não era a primeira vez que acontecia comigo. Marion estava feliz. Nua e linda, deixava os braços soltos na cama e o ar de felicidade de quem havia sido muito bem tratada pela vida. Mas o viking também sorria. Eu não lembro com que cara acordei. E por que será que o viking sorria? Meu deus, o que havia acontecido ali naquela cama depois que adormeci? Olhei o relógio e já eram duas e quinze da tarde de... de... meu Deus! Eu continuava com o mesmo dilema e não sabia que dia era. Olhei pela janela e chovia. Não me ajudou. Voltei para a cama e sacudi Marion, delicadamente. Ela se enroscou no meu pescoço, me beijou ardentemente e continuou dormindo. O viking acordou. Sorriu e me disse que seu nome era Elásio. Era mineiro, morava em Juiz de Fora e era ex-marido de Marion. Mas na boa. Balancei a cabeça e concordei sorrindo sem graça. Ele me disse que sempre que vinha ao Rio dormia na casa de Marion, e que não se incomodava com os namorados da ex-mulher. Eu disse que era só um amigo. Agora foi ele que sorriu sem graça olhando para meu corpo nu. Peguei minha roupa, me vesti e fui saindo. Elásio me chamou da cama.

"Quando for a Juiz de Fora apareça. Minha atual mulher também não se incomoda com os atuais namorados da minha ex-mulher. Na boa."

Apesar de toda a afinidade, da promessa de um amor compensador e gratificante, achei melhor deixar Marion perdida na memória e nos indefectíveis encontros na Pizzaria Guanabara. Afinal de contas, minha atual namorada não iria gostar de encontrá-la na minha cama e eu não posso ficar comendo pizza gordurosa todas as noites.

A Que Não Acorda

Mulheres gostam muito de dormir, mas gostam muito mais de não ter de acordar. Mulher gosta de uma cama, no sentido físico da coisa (de modo geral) e no sentido sexual, escolhendo muito bem com quem vai – mas é um fato indiscutível que, algumas, simplesmente depois que se deitam não querem mais se levantar. É sabido que o gênero feminino se sente atavicamente culpado por ter sono. As mulheres se sentem obrigadas a cuidar do mundo enquanto o mundo não dorme e, portanto, na hora de dormir se certificam de que realmente podem fazê-lo, e de que está tudo em ordem. Daí, quando adormecem, se entregam de braços abertos aos carinhos entorpecentes de Morfeu e partem com o desejo de nunca mais voltar... até alguém conseguir acordá-las. Mas é uma tarefa difícil.

Homens de manhã são mais ligados, se sentem na obrigação de estar acordados quando o resto do mundo levantar. Precisam organizar tudo, dar ordens – mas não sabem o que fazer. Quando percebem isso acordam suas mulheres, que ou não se levantam numa atitude de revolta definitiva ou se lembram da culpa e logo, logo estão com o café na mesa. Quando existem filhos pequenos no casal, a mulher praticamente não dorme. Vira um zumbi que vai acumulando uma "poupança" de sono e, no dia em que consegue se ver livre das obrigações, se interna numa clínica de sonoterapia. Ou abandona o marido no meio da noite, com a boca aberta, e vai se divertir numa boate baixo nível até ser resgatada pelos parentes boquiabertos, que a olham como uma louca. Mas algumas não têm filhos ou já tiveram filhos, que já cresceram, e elas finalmente podem saborear os prazeres da cama, sozinhas.

Para as mulheres, dormir é um ato de resistência. A mulher que não dorme o número de horas necessárias é um ser irracional, hostil e cansado. Ao acordar depois de uma noite mal dormida, ela piora ainda mais sua sensação, pensando no dia cansativo que vai ter e no estado deplorável em que estará quando a noite chegar. Mulher precisa dormir como precisa pintar as unhas ou comer bolo de chocolate. Deixou de ser vício para ser um gesto antropologicamente natural. Por isso que, quando uma mulher pode e consegue dormir livremente, ela não acorda mais. Telefones são desligados, despertadores anulados, barulhos previstos camuflados, possibilidades de claridade evitadas com blecautes duplos e homens só são aceitos se dormirem também ou, de preferência, sumirem pela manhã sem serem percebidos. Acordar uma mulher que gosta de dormir antes do tempo é assinar sua sentença de morte.

Já morri algumas vezes por causa disso. Uma vez por inocência, achando que ela gostaria de um sexo oral às sete e meia da manhã – e a minha barba nem estava feita. Foi a primeira vez que morri. A segunda foi porque não conseguia achar a chave da casa que, trancada, me impedia de ir trabalhar num dia muito importante. Não pude evitar. Fui pegar a chave dentro do vaso após vê-lo voar, bater na minha testa e quicar na pia. A terceira vez me senti traído. Depois de uma impressionante noite de amor, Heloísa me fez jurar que a acordaria pela manhã para mais um sessão de sexo antes de ir embora. Ela estava enlouquecida: dormiu segurando meu pau que, mesmo em repouso, adorou o calor daquela mão macia e adormeceu como um príncipe. Pela manhã não precisei nem abrir os olhos. O movimento inconsciente e suave de sua mão lá embaixo o fez despertar antes de mim. Ele logo procurou um caminho mais rápido para chegar ao paraíso, e foi interceptado por um grito aterrorizante ao endurecer repentinamente entre o nariz e a boca de Heloísa. Morri, mas escapei de ser mordido de maneira fatal. Amoleci de um jeito que levei seis meses para arriscar novamente um sexo oral e só tive coragem de fazê-lo porque Ritinha era conhecida no bairro como uma exímia chupadora de membros traumatizados. Ela foi a superação do trauma.

Passei algum tempo também dormindo sozinho, mesmo depois de uma cansativa noite de amor. Prefiro acordar sozinho que acompanhado de alguém que parece morta, e para quem um sopro de vida pode ser fatal. Márcia era a pior de todas. Não tentou me matar porque eu já tinha adquirido alguma experiência. Ela gostava tanto de dormir que às vezes esquecia quem eu era quando me encontrava ao abrir os olhos. Parecia ter viajado longamente para outra dimensão ou ter sido abduzida por uma raça superior e alienígena de sonâmbulos cibernéticos. Uma vez, diante de um convidativo domingo de sol que a incomodava profundamente porque se sentia obrigada a acordar e fazer alguma atividade que não suportava, não resisti. Queria correr na praia, me jogar no mar, disputar uma partida de vôlei, fazer alguma coisa que me tirasse daquele torpor à meia luz. Tive um surto de atividade física causado por aquela indolência. Levantei da cama e saí de fininho, embora não precisasse. Márcia exercitava o que cientificamente se chama de sono profundo. Mas ela tinha pedido que a acordasse às quatro e 45 da tarde para poder comer alguma coisa, tirar um cochilo até ouvir o som da abertura do

Fantástico e se jogar na cama deprimida pelo domingo que estava acabando. Não obedeci. Fui embora e deixei Marcinha dormindo. Ela foi encontrada pela empregada na segunda-feira às dez e 40 da manhã, com a boca aberta, os lençóis no chão, os cabelos despenteados e a expressão de surpresa no rosto ao ver Lindalva na sua frente.

"O que você está fazendo aqui num domingo, mulher? Vai pra casa dormir que eu estou morta. Me acorda quando chegar amanhã."

E foi o que aconteceu. Márcia é a mulher que perdeu uma segunda-feira e nunca mais recuperou. Quando nos encontramos ela me olha como se lembrasse de mim de algum lugar que fica entre o sexto e o sétimo sono.

A Que Não Quer Casar e A Que Quer

Gozar junto com certas mulheres pode ser perigosíssimo: em seguida, ela pode querer morar junto. Dormir junto também é um problema. Se for bom, para as mulheres que querem casar de qualquer maneira, a cama vira uma armadilha difícil de escapar. Para as que não querem casar de forma alguma, se for bom, aí então é que aquela cena se torna uma ameaça mortal. Mesmo que o sexo continue bom você vai ser obrigado a levantar no meio da noite para levá-la em casa ou então para voltar para a sua casa. Acordar juntos, jamais!

Essa é a questão. Não sei qual das duas é mais perigosa. Se o desconforto de ter de voltar pra casa no meio da noite ou se o risco de ver transformada sua liberdade de macho descasado em promessa de fidelidade eterna e na total impossibilidade de escrever um livro como este. O sangue doméstico corre na veia de certas mulheres como um DNA herdado de gerações e gerações de mulheres matronas com avental sujo de ovo. Por mais que o sexo seja animal e prazeroso, ela quer, no dia seguinte, chegar na cama com seu café da manhã na bandeja, um sorriso nos lábios, o avental em torno da cintura, o jornal dobrado e a aliança no dedo. Quer ser a senhora fulano de tal – e, o pior, você é o fulano de tal.

Por sorte trata-se de uma raça não em extinção, mas em franca decadência. Mesmo as mulheres que continuam querendo casar, hoje fazem de maneira diferente. Algumas querem até ver você de avental, servindo o café na bandeja, e, antes de saírem para o trabalho, deixam uma lista de afazeres domésticos para você fazer numa folha de papel com a marca de batom de um beijo. As que não querem nem pensar em casamento pensam em você como pensam num chefe de cozinha de um restaurante novo ou num *stripper* de "clube das mulheres", que funcionam com moedinhas. Homem é bom para cozinhar ou trepar – para morar juntos, jamais.

Se você também pensar assim, cuidado. O fato de elas concordarem com isso para as suas vidas não significa que vão permitir que você declare sua independência ou outra preferência sexual na frente delas. Para elas, a mulher não querer casar é libertação, e o homem é prevaricação. Essas detestam acordar junto com você. Passam dias pensando por que aquilo aconteceu. Se foi uma fraqueza da parte delas não se perdoam, e acabam por excluir você definitivamente da vista delas. Se foi esperteza sua, querendo se encostar naquela cama morna, passam a olhá-lo como um homem carente, dependente – enfim, um fraco. Pobre de você. Mas não se anime, pois é você também que detesta que aquela coisinha fofa que você acabou de comer se abolete na sua casa com ares de quem veio para mudar a cor das cortinas, jogar esses lençóis velhos fora e trocar a sua empregada – afinal de contas, ela nem limpa direito suas panelas. Panelas? Que panelas? É verdade, precisamos comprar umas panelas. Se você for visto numa manhã de sábado em alguma loija de utensílios domésticos comprando panelas e galheteiros, está definitivamente perdido. Ela, provavelmente, gozou junto com você. De quarentão desquitado e solto virou príncipe encantado, com tudo aquilo que um jovem executivo paulista que conquista atrizes famosas tem, menos o dinheiro e a atriz famosa.

Mas agora vai ter de administrar o encosto. Ela não querer ir embora no dia seguinte não é a pior coisa: o pior é ir e marcar de estar ali de volta no fim do dia. "Tem uma cópia da chave pra mim? Assim não incomodo e quando você chegar vai ter uma comidinha pronta." Pronto. É a tragédia final! E você que só queria ela como comidinha vai acabar na Sendas ou no Pão de Açúcar 24 horas depois da sessão de cinema. O passado vem à cabeça como uma fita de vídeo em *rewind*.

Você fica meio zonzo, diz que está com dor de cabeça, que sua mãe vai chegar do interior amanhã, que seu amigo tarado decidiu reformar a casa e vai passar um tempo na sua, que você vai dedetizar o apartamento, qualquer coisa. Diga qualquer coisa, mas se ela sugerir comprar miojo ou sopa de pacote no supermercado não durma mais junto. No dia seguinte você vai estar totalmente amarrado, e o sexo, que era tão bom, vai passar a ser um dos elementos daquela vida doméstica que inclui lavar, passar, fazer compras e transar. Daí a ver televisão enquanto transa é um passo. Não pode gozar antes do *brake*, pois você pode perder a deixa para o capítulo seguinte.

Dormir junto é uma sabedoria tão grande quanto acordar junto. Uma pressupõe um ato que virá, a outra um ato que você já fez. Os riscos são maiores, o que exige uma atenção redobrada. E lembre-se de que sexo pode ser feito fora da cama – na rua, na chuva, na fazenda. Transar não é dormir nem acordar. Transar é uma coisa muito boa que pode ser feita com quem você conhece e gosta de fazer aquilo todo dia, ou com quem você acabou de conhecer. Deixe de lado essa mania de querer sempre companhia, mesmo que seja uma por dia. Aprenda a viver sozinho. As mulheres sabem e conseguem muito bem viver assim – até esbarrar na rua com um tipo como você que, mesmo sabendo, vai sempre acreditar que aquela ali é a mulher da sua vida, que vai dar pra você quando você quiser, vai deixar você livre, leve e solto para confirmar nas outras que ela é a melhor, vai fazer comidinha, cafuné e jurar que você é a maior trepada da vida delas. É ou não é assim que o homem gosta de viver?

A Que Te Acorda Com Uma Surpresa

As mulheres costumam dizer que não é importante com quem você dorme, e sim com quem você acorda. É verdade, e eu não estaria aqui escrevendo isso tudo se não fosse verdade. Certas mulheres são uma verdadeira surpresa ao acordar, mesmo quando não estão presentes. Terminar a noite na casa da mulher com quem você está saindo pode ser a confirmação de um clima romântico beirando o piegas, a ponto de se transformar numa cena de filme erótico da pior qualidade. Mas, se o sexo for bom, tudo bem. Uma casa à noite, a luz de um abajur lilás, com um som discreto e suave no toca-disco, uma taça de prosecco e uma cama aconchegante podem prometer um futuro sedutor, mas nem sempre se confirmar.

Heloísa tinha um apartamento maravilhoso que herdara do

pai, à beira da Lagoa. Era uma executiva de alto nível, com um cargo de respeito numa multinacional que me contratara para um trabalho de *designer* – além de ser uma belíssima mulher na flor dos seus 40 anos, com um corpo à altura do cargo que ocupava, certamente merecedor de todos os requintes dermatológicos e aeróbicos que necessitava. Simplificando, era uma gata rica, gostosa e ardente defensora da atividade sexual. Foi com a minha cara e fomos para sua casa. A sala era imensa, e o terraço do segundo andar se abria sobre a Lagoa Rodrigo de Freitas do mesmo modo que seu sorriso e sua blusa se abriram ao meu primeiro toque. Sua taça de prosecco voou até a pequena piscina azul-turquesa que iluminava nossos corpos. Heloísa se jogou nos meus braços e o toque de seus seios acendeu em mim a irresponsável certeza de que aquele corpo merecia toda a minha dedicação em dar prazer àquela mulher.

E foi o que aconteceu. Transamos no terraço, na piscina, na sauna, na sala do andar de cima e no quarto. Calma, não vão pensar que sou esse garanhão de performance ilimitada. Com o passar dos anos desenvolvi uma técnica de manter a mulher em eterno estado de pré-orgasmos ou mesmo de orgasmo consumado sem ter eu de consumar o meu. Às vezes é difícil, exige grande concentração (que diminui o prazer), mas mantém a qualidade do ato, principalmente garantindo à mulher um prazer multiplicado, o que é uma característica feminina para as mulheres mais ativas e liberadas. Fechado o parênteses psicossexual, continuemos. Na cama, finalmente gozei – um gozo longo, de estufar camisinha, mas recompensador. Heloísa estava exausta e eu finalmente aliviado de tanto tesão comprimido. Caímos na cama exaustos e sem a menor consciência da hora, da situação e do futuro.

Fui acordado por um operário que quebrava uma parede sobre a minha cabeça. Levantei assustado e uma doméstica uniformizada arrumava as roupas que havíamos espalhado pela casa toda sobre a poltrona do quarto. Tentei me cobrir envergonhado e ela fez um sinal de que tudo bem, que já estava saindo. O operário que quebrava a parede saiu do banheiro, me cumprimentou com um "bom dia, doutor" e saiu do quarto. Atônito, levantei na cama para me situar. Achei um bilhete de Heloísa se desculpando por ter tido de sair cedo para o trabalho. Peguei minhas roupas na poltrona e entrei no banheiro detonado pelo operário de antes. Não consegui chegar ao espelho. Vesti a roupa e saí do quarto e deparei com o resto da casa. Parecia uma cena de um filme de Robert Altman, onde atores conhecidos ou não interpretam vários papéis ao mesmo tempo, numa mesma cena e numa mesma locação. A locação era o apartamento de Heloísa e os atores todos desconhecidos. Todos falavam ao mesmo tempo e, pelo figurino que usavam, pude perceber que alguns eram filhos uniformizados para escola, outros eram empregados domésticos, um era motorista, vários operários e um que não pude decifrar podia ser um ladrão, o pai de Heloísa, seu ex-marido ou o diretor do filme. A confusão era tanta que ninguém me viu passar. Desci as escadas, peguei um biscoito cream-cracker na mesa ainda posta para o café e fui embora.

O prédio onde Heloísa morava fazia parte do mesmo filme. Vários ascensoristas, uns 12 porteiros, quatro seguranças e alguns motoristas que conversavam na sala dos atores, digo, na garagem. Peguei meu carro, que jamais teria sido escalado pela produção devido ao ano de fabricação e à cilindrada, e saí da garagem. O porteiro me olhou de um jeito estranho, como jamais olharia para quaisquer daqueles elementos estranhos que compunham o elenco de apoio da vida de Heloísa.

Quando cheguei à rua, o sol era real e forte. O Rio continuava violento e lindo, e eu, um pobre coitado com um charme incontrolável e uma capacidade de seduzir mulheres erradas na hora certa. Ainda encontrei Heloísa numa sala de reuniões quando fui apresentar o projeto final do trabalho. Ela parecia mais interessada no novo diretor da empresa que nos resultados do meu esforço profissional. Todos gostaram, nos cumprimentamos formalmente, como se nada tivesse acontecido entre nós. As obras na casa de Heloísa devem continuar com o mesmo elenco. Aliás, ali é um eterno canteiro de obras para melhorias constantes – tanto da casa como da própria Heloísa, que certamente deve ter uma equipe técnica tão competente para cuidar de sua beleza pessoal. Sua lembrança se perdeu nos créditos da nossa história de amor que durou uma noite, quase tanto quanto um filme do Altman.

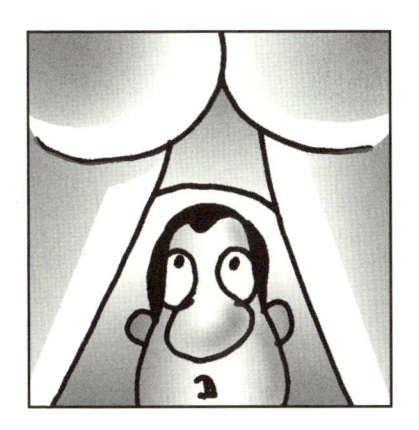

A Que Te Acorda Com Sexo

Desde quando se poderia imaginar que um dia eu iria reclamar de ser acordado com sexo por uma gata extraordinária? Pois é, pode parecer absurdo, mas isso aconteceu. Aline era insaciável, a ponto de me deixar completamente exaurido com suas performances matinais. Vivemos juntos na minha casa no período em que mais trabalhei na vida. Aline era jovem e estudante de desenho industrial. Veio fazer estágio comigo e não foi mais embora. Na primeira noite que passamos trabalhando juntos, ela terminou na minha cama me mostrando que o que tinha de aprender de mim da profissão ela poderia me dar em dobro em matéria de sexo.

Era um verdadeiro furacão e eu não conseguia distinguir onde começava e onde poderia terminar. Fomos tentar dormir às três da manhã e às oito ainda transávamos. Quer dizer, ela transava, disposta como uma colegial em dia de parada e eu tentando manter a honra do gênero e da profissão. Afinal, ela estava estagiando comigo no computador e na cama. Aline tinha toda uma teoria a respeito do *design* e da vida. Era uma guerreira aguerrida, pronta para qualquer batalha. Fui derrubado no primeiro *round*, mas ao mesmo tempo sentia que não podia jogar a toalha. Descrevê-la do ponto de vista do desenho industrial era fácil: embalagem perfeita, no tamanho justo, bem desenhada, rótulo de bom gosto, maleável, fácil de pegar e de usar. Conteúdo de primeira qualidade, de consumo agradável. Poderia ter nascido na minha prancheta, mas a verdade é que reinava absoluta na minha cama.

Os primeiros dias que passamos juntos foram de glória absoluta. Aline era capixaba e a família pagava para ela estudar no Rio. Estava para se formar e decidira fazer estágio no escritório de um profissional tarimbado como eu. Quando chegou para a primeira entrevista, pressenti o perigo pelo tamanho das pernas e na proporção inversa do tamanho da saia. Ficava imaginando que predestinação carregava eu na vida para ser premiado com tantas oportunidades desse tipo. Devo ter me comportado bem na encarnação passada, apesar de não acreditar em nada disso, principalmente diante daquela encarnação exuberante que se apresentava diante de mim com as pernas cruzadas.

Aline também era desinibida, o que tornava as coisas mais fáceis – bem, pelo menos até o terceiro dia. Foi o tempo que durou aquele paraíso em que me meti. Aline não dormia. Relaxava nas duas horas de meditação que fazia por dia. O resto do tempo queria estagiar e transar comigo. Sua tara se manifestava com mais ênfase pela manhã, principalmente depois de uma noite inteira de trabalho. Eu estava entregando neste período um projeto enorme para a Prefeitura e não podia perder o prazo. Aline me ajudava de noite e me atrasava pela manhã. Eu, morto de sono, tinha de levantar as pálpebras, o pau e a moral para satisfazer aquela coisinha sexualmente alucinada, que se mexia entre minha cintura e meus joelhos. Não conseguia decifrar bem o que ela fazia. A sensação era maravilhosa, principalmente misturada com o sono. Não sabia se estava sonhando ou vivendo de fato aquilo. A primeira para mim era sempre fácil e prazerosa. O problema começava na segunda, porque Aline não queria parar. Era um orgasmo atrás do outro. Os primeiros três eu acompanhava. É uma proporção mais do que justa. Três orgasmos femininos para um masculino. Mas três para ela era muito pouco. No quarto, ela começava a se animar e a inventar truques e posições interessantes. Dançava enrolada numa tolha, plantava bananeira para tentar um sexo oral diferente, me oferecia tudo que tinha disponível e no lugar certo, falava baixinho no meu ouvido e me dava um verdadeiro banho de língua sem distinguir fronteiras ou limites. Eu alucinava. Gritava, gemia e não resistia; pedia para parar. Era impossível para um homem na minha idade, já nos avançados quarenta anos, continuar naquele ritmo, mas Aline não demonstrava nenhuma flexão no seu ritmo frenético.

Todas as manhãs, das sete às dez era esse suplício. Fiquei fisicamente depauperado. Não conseguia mais raciocinar e o trabalho começou a ser prejudicado. Pedi um primeiro adiamento à Prefeitura enquanto passava mais trabalho para Aline, para ver se assim ela cansava e dormíamos um pouco pela manhã. Comecei a pensar em dar desculpas, que meu primo vinha do sul para ficar um tempo lá em casa, mas ela ia perceber que era mentira. Passava o dia comigo e não podia abrir mão da sua ajuda. Escritório em casa tem esse inconveniente. A cama é ao lado do computador. Lurdes, minha empregada, começou a faltar ao trabalho. Ficava constrangida ao chegar bem cedo e ouvir todos aqueles gemidos que vinham do quarto. Depois, Aline era muito desinibida. Saía do quarto só de calcinha, e quando eu falo calcinha, era "inha" mesmo, que quase não cabia. Circulava pela casa, pegava o jornal, um copo de Nescau, e a vida estava renovada para ela – enquanto eu, semimorto na cama, tentava descobrir um motivo para não continuar aquilo e vários motivos para não parar. Era uma dicotomia quase que fatal, que, além de mexer com minha cabeça, minha auto-estima enquanto homem, minha vaidade e minha virilidade, me derrubava como um mamão macho abandonado na sarjeta.

Que homem era eu que, na primeira oportunidade real que tive de viver o grande sonho de todos os machos, estava quase jogando a toalha e pedindo para aquela potranca que fosse cavalgar em outro pasto? Seria o máximo da minha decadência, mas o trabalho da Prefeitura estava ficando ameaçado. Não podia ir até lá e dizer que não cumpriria o prazo porque andava trepando feito um desesperado com a gatinha mais linda do mundo. O prefeito certamente lhe ofereceria um estágio também, sem saber que assim correria o risco de paralisar a administração da cidade. Comecei a achar que Aline era um perigo público. Meu sono estava atrasado uns quatro dias e o trabalho uns oito. Pedi reforços a meus colegas de faculdade e consegui terminá-lo porque me refugiei no escritório do Bruno, do outro lado da cidade e cheio de outros profissionais. Aline passou por lá um dia e causou o maior tumulto, principalmente quando se sentou no meu colo e perguntou se eu não queria dar um pulinho com ela até o banheiro. Menti que o banheiro estava em obras. Com a noite que passei em claro com Bruno consegui me restabelecer fisicamente. Preferia passar a noite trabalhando a ter que transar mais uma manhã.

Quando o dia amanheceu me sentia outro homem. Pela primeira vez em quinze dias não era acordado por uma boca ávida em meu sexo. Dei graças a Deus, sem temer que essa sensação pudesse se eternizar em mim e eu virar um assexuado compulsivo. É só ficar na carência que o tesão volta. Quando entreguei o trabalho, respirei aliviado.

Fui dormir na casa de mamãe – para alegria dela e tristeza de Aline. Deixei um recado na secretária eletrônica dizendo que mamãe não estava bem e precisava de mim. Não dei o número e desliguei o celular. Dormi feito um anjo até dez horas da manhã. Fui acordado não com sexo, mas com café na cama. Sentei, respirei fundo, li os jornais e, de repente, me bateu uma saudade enorme de Aline. Meu Deus, eu estava viciado! Como um drogado que sabe o mal que a droga faz, mas não consegue resistir, corri atrás da minha deusa do sexo. Aline tinha saído e levado todas as suas coisas. Deixou só um bilhete preso na prancheta. Tinha mudado de opinião. Não queria mais ser *designer*. Ia cursar filosofia e já tinha descolado um estágio na casa de um diretor da Globo. Não entendi a relação – mas também, como não entendo nada de filosofia, achei que podia fazer sentido. Respirei aliviado, apesar de sentir sua falta. Poderia voltar finalmente ao mundo das pessoas que fazem sexo porque gostam e não porque são obrigadas. Afinal, sexo não é tudo. Não se impressionem: é só um delírio momentâneo de quem não sabia mais o que dizia.

A Que Te Acorda De Modo Familiar

Já dizia o grande filósofo e ator norte-americano Groucho Marx: "Nunca vá para a cama com alguém mais problemático que você". E eu acrescentaria: jamais acorde ao lado de alguém com mais problemas que você. Como família é sempre uma fonte inesgotável de problemas, fuja de quem te acorda de modo familiar.

Despertar no meio da noite depois de uma sessão de sexo animal com o telefone tocando, seja pra quem for, já é fatal. No meio da transa, então, é definitivo. O pau nunca mais sobe. Nesse caso pode ser a mãe da moça, que, se for muito jovem, quer saber do seu paradeiro, e se for um pouco mais velha também, pois se sente insegura com a filha solteirona por aí, com este mundo do jeito que está. Se a moça for casada, o pior seria o marido ligando atrás da esposa fujona. Se ela for uma pessoa decente e vulnerável a culpa se abaterá sobre ela, e o sexo entre vocês – babau. Se for despudorada e não ligar, talvez você fique sem graça ao imaginar que tipo de mulher está comendo.

Ex-mulheres no exercício da liberdade e da libertinagem recém-conquistadas também são surpreendidas por telefonemas desesperados de ex-maridos em busca do afeto perdido ou simplesmente atazanando a vaca da mulher que o deixou. Não importa a categoria, são sempre problemas. Não falo nem de campainhas à porta ou interfones tocando com o porteiro do outro lado da linha, sem saber o que fazer com aquela pessoa descontrolada que quer subir a todo custo, ou o entregador de flores carregado de rosas vermelhas com uma bomba-relógio e um bilhete ameaçador.

Refazendo a pérola de Groucho Marx eu diria: nunca vá para cama com alguém que tenha um passado, é mais prudente. Essa prudência se confirma quando o motivo do despertar no no meio da noite for o choro de um bebê. Aí não há garanhão que resista. Uma criança que chora para uma mãe desnaturada, entregue aos prazeres do sexo com um ser quase estranho ao invés de amamentar aquele indefeso ser, não merece sua dedicação. Nem se for uma espécie de Luma de Oliveira com coleira e sem marido. Uma criança é uma criança. E estou falando de uma criança só.

Dormi com Débora em sua casa na nossa segunda saída para assistir a um filme iraniano no Estação Botafogo. Jantamos num natureba e emendamos uma noite de sexo louco ao som de Iron Butterfly e digna de uma edição revisada e alternativa do Kama Sutra. Pela manhã, fomos acordados por uma invasão surpresa de quatro crianças pulando na cama de Débora, enquanto eu tentava vestir a cueca e entender o que acontecia. Débora ficou na dela. Ou era muito bem resolvida em relação a fatos como esse ou muito acostumada. Sem pestanejar os apresentou: "Lucas, Bia, Sol e Índia, meus filhos".

Débora não aparentava ter quatro filhos. Tinha um corpinho de no máximo uma gravidez bem jovem. Barriguinha malhada, peitinho discreto de quem nunca amamentou, bundinha arrebitada, pele sadia, sorriso nos lábios e uma enorme disposição para a vida e para o sexo. Quem vai imaginar que uma mulher dessas tem quatro filhos, sendo dois do primeiro casamento, um do segundo e outro do terceiro? A vida de uma pessoa simples hoje em dia pode ser mais complexa que um tratado de filosofia alemã à luz da psicanálise. Débora ainda tinha tempo para fazer teatro, trabalhar numa produtora, fazer reiki e uma vez por mês meditar numa granja em Magé do Alto, uma localidade pós-hippie que espera a chegada de seres extraterrenos.

Débora tinha herdado algum dinheiro de sua tia, uma boa pensão do primeiro marido e trabalhava para passar o tempo. Fiquei sabendo disso tudo entre um copo de açaí com granola na padaria, com os filhos de Débora pendurados no meu pescoço, e o trajeto para a escola dos quatro – que Débora gentilmente pediu que eu levasse de carro. Débora foi junto e enquanto os filhos cantavam (para seu desespero) músicas de Kelly Key e Sandy e Junior, e ela tentava conferir a lista do supermercado que não podia passar daquele dia. Apavorado com o que podia sobrar pra mim, olhei para o relógio e vi minha manhã comprometida – para não dizer meu futuro ameaçado. Antes de conseguir reagir passamos na lavanderia, demos um pulinho rápido na farmácia, passamos na padaria para encomendar pão de cachorro-quente e enfrentamos 40 minutos de fila no banco para pagar umas continhas.

Nossa noite de sexo a essa altura estava tão distante quanto a juventude para um idoso saudosista. Quase não conseguia acreditar que aquela dona de casa ali do meu lado, vestida de camiseta, jeans e tênis All-star pudesse ter me chupado do jeito que chupou e me pedido para dar na sua cara como me implorou. Agora me dava conta do barulho que fizemos sem imaginar que uma creche dormia ao lado. Fiquei envergonhado e perdi a deixa para dizer que tinha de ir trabalhar. Antes de nos despedirmos na porta do supermercado, Débora ainda me perguntou o que eu gostaria de comer no jantar. Pensei na Sharon Stone, mas me contive. Inventei uma desculpa qualquer, disse que ia viajar, que na volta ligaria, levaria as crianças ao Parque da Mônica e parti.

Débora não pareceu nem mal nem bem impressionada. Pegou um carrinho do mercado e numa curva fechada engatou uma segunda, fez um cavalo de pau e saiu sorridente saltitando entre biscoitos recheados, fraldas descartáveis e pacotes família de camisinhas. Tentamos engatar um pouco mais da nossa relação durante um pôr-do-sol na praia de Ipanema, mas ela tinha de levar seus quatro filhos ao cinema. Lamentei olhando aquele corpinho perfeito de mamãe que se afastava. Débora não estava nem aí. Veio ao mundo em paz e sem motivos para se estressar. Soube que teve mais dois filhos pela vida afora. Certamente ainda a encontrarei pelos Peg-Pags da vida, usando uma saia florida e com um menino com o nariz escorrendo a tira-colo.

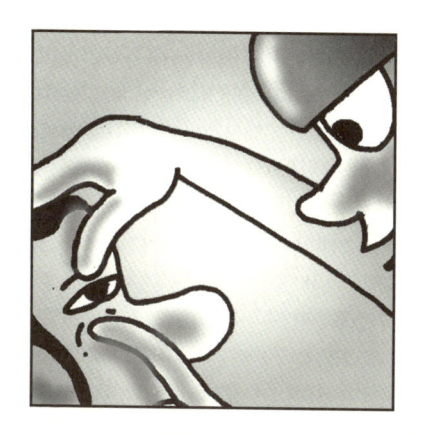

A Que Te Acorda Para Conversar

A que te acorda no meio da noite para conversar é insuportável. Ela vem em gradações diferentes: a que te acorda logo depois que você pegou no sono e a que te acorda no meio da noite, lá pelas quarto e meia da manhã – justamente naquele estágio do sono em que você está sonhando ou com a Sheila Carvalho começando a tirar a sua roupa ou com sua mãe correndo nua pelo corredor da sua escola primária. Nesse caso, é até melhor você ser acordado. É melhor evitar constrangimentos deste tipo, mesmo que sejam em sonhos. Fica uma sensação de mal-estar o resto do dia que parece mesmo que a cena aconteceu.

Também não vai adiantar nada dizer para ela o que você estava sonhando. Ela não vai te dar esse tempo e, se bobear, antes de você começar ela já terá desatrelado todo o seu sonho ridículo de adultério, onde você comia a amiga dela, e já estará no meio de alguma explicação freudiana para o seu comportamento. Não o do sonho, é claro, mas o de não querer acordar para conversar. Até então você não sabe se ela acordou para conversar ou se ainda não dormiu.

Também são duas categorias diversas. As que não dormem de jeito algum antes de conversar e as que acordam no meio da noite para conversar. O comum às duas é que depois da conversa elas dormem e você continua acordado, matutando o assunto e se perguntando: o que é que eu estou fazendo aqui? Se você não mora com a moça, a primeira atitude a ser tomada é pegar o carro ou o táxi e se mandar. Mas, se ela estiver na sua casa? Problemas. Não dá para mandá-la embora. É uma atitude condenável e que se espalha rapidinho no meio. Resultado: nunca mais você conseguirá trepar com alguma mulher da sua cidade minimamente inteligente. É o preço a pagar.

Certas mulheres mais esclarecidas necessitam desse exercício de reflexão até para provar para elas mesmas que, se estão cedendo à tentação do sexo com um ser tão criticável, com um homem do sexo masculino, é porque alguma explicação tem. Mas não é de você, clássico representante dos homens do sexo masculino, que virá a resposta. Talvez de um homem do sexo feminino possa vir. Um homem daqueles ainda não muito decidido, um daqueles perdidos que não sabe se trepa ou sai de cima – no sentido figurado, é claro.

Mas voltemos à nossa cama. Você está ali, entregue nos braços de Morfeu (licença poética homossexual e mitológica para dizer que você está pregado no sono) quando ela vem com um "pensando bem" mortal. E você pensa: será que peguei no sono muito rápido? Mal acabamos de transar e eu já virei pro lado e dormi? Que mau! Disfarçadamente, você olha o relógio. Quatro e quarenta e cinco da manhã! Então não foi assim. Você dormiu bem umas três horas antes de ela pensar bem, o que é muito grave. Ninguém dorme feliz depois de uma trepada e acorda três horas depois "pensando bem". É impossível. Ela não dormiu desde então, meu Deus! É gravíssimo. Deve ter sido uma trepada de merda. Você nem se lembra, está meio dormindo.

Aqui entra outra divisão de categoria: as que transaram com você naquela noite nunca te acordam imediatamente depois que você adormece. Elas esperam. O tempo varia, mas esperam. As que não transaram na hora de dormir por algum motivo (cansaço, menstruação, ter de acordar cedo ou falta de tesão mútuo ou não) acordam logo, logo, assim que ambos chegaram ao acordo de dormir. "Como dormir? Como você é capaz de virar pro lado e dormir como se eu não existisse? Como se o que aconteceu entre nós esta noite não tivesse importância? Mas, o que aconteceu entre nós? Respondo e pergunto. Nada! Justamente isso, nada e nada é o que vem sendo nossa relação. Você está sempre atrás de uma boa desculpa para não transar mais comigo. Por quê? Tem outra já?"... e por aí vai. Não é o caso de reproduzir todo o repertório. A discussão sobre a relação começou e não adianta mais querer saber quem quis dormir antes de quem. Discussões desse tipo nem Freud explica, pois está dormindo a essas horas.

Michele adorava discutir. Não admitia dormir com pendências. Ela não admitia dormir sobre qualquer questão, mesmo que o sono fosse a questão maior que qualquer razão. Adorava argumentar. Deveria ter sido deputada, daquelas que ocupam o parlatório da Câmara e não param mais de falar. Os parlamentares todos adormeceriam em suas cadeiras e Michele continuaria por um governo inteiro e mais a reeleição.

Michele só se dava por satisfeita quando me acordava com seus argumentos intricados e sofisticados, que matam qualquer vontade de dormir. Comecei a enlouquecer de cansaço. Não tinha mais resistência física quando propus um armistício a ela naquela sexta-feira, última noite que passamos juntos. Tudo bem, ela poderia falar à vontade, colocar todos os seus argumentos e razões infinitas e eu não responderia, só ouviria. Michele não aceitou, é claro. Quando o torturado não reage mais, o torturador perde o entusiasmo. Foi assim que aconteceu. Michele precisava das minhas respostas, mesmo que as considerasse idiotas e sem razão. Quanto mais eu contestava, mais ela se animava. Por isso não deu certo. Depois que ela disse aos gritos que eu era um banana que estava fugindo da raia e, como todos os homens, não resistia à argumentação coerente de seus motivos, decidi ir embora em silêncio. Michele foi à loucura. Gritava para eu responder, pulava e saltitava na minha frente, rodopiando os punhos como se quisesse transformar suas palavras em *jabs* e diretos no queixo e me derrubar ali mesmo, por nocaute técnico. Saí em silêncio sob os aplausos do público virtual que me assistia e deixei Michele conversando com o porteiro do prédio, que, aturdido àquela hora da madrugada, não sabia o que fazer. Depois de alguns meses mandei uma carta para Michele tentando me explicar. Ela não respondeu. Michele não gostava de escrever: gostava de discutir.

A Que Te Culpa Pelos Pesadelos

"Seu desgraçado! Estava me traindo com aquela vaca da Lurdinha!" Imaginem o que é ser acordado dia sim dia não com alguém gritando isso no seu ouvido. Eu saltava da cama sem entender nada, e a primeira coisa que fazia era pedir desculpas. Até me dar conta de que estava pelado, de chinelos, segurando um travesseiro na mão direita e o pau na esquerda, passava-se um longo tempo em que eu ainda era alvo de mais acusações, choros e discursos intermináveis sobre os defeitos da vaca em questão. Depois, me sentava na cama e tentava acalmar Rosali. Ela, transtornada, soluçava sua desgraça como se de fato tivesse acontecido. Seus sonhos eram ricos em detalhes, mas pobres nos enredos: eu era sempre o bandido e ela sempre a mocinha traída.

Não agüentava mais aquela reprise. Já havia até me acostumado às acusações que não resistiam a meia xícara de café e bom senso, algum tempo depois, na mesa da cozinha. Aí, ela percebia que tudo não havia passado de um pesadelo. Mas até lá era um suplício. Torcia para que ela sonhasse alguma coisa mais interessante, sexo grupal, crime passional – mas não, era sempre a mesma chatice em que eu a traía com a vaca da Lurdinha, e a Lurdinha não era nem lá essas coisas. Não dava para arriscar uma fantasia erótica enquanto ela me acusava. Tentei argumentar uma vez que a Lurdinha não me dizia nada ao pau. Para quê? Foi mais uma semana com ela sonhando que Lurdinha falava literalmente com meu pau.

Passei a acordar mais cedo que ela e sair para ver se assim escapava de suas acusações pós-despertar. Não funcionou. Ela me deixava bilhetes ameaçadores na mesa do café antes de ir para o trabalho, contando em detalhes, sempre os mesmos, o que eu havia feito com Lurdinha. Meu analista tentou me explicar o que acontecia, não antes de tentar me convencer a largá-la. Sentia-se um profissional fracassado ao constatar que eu resistia àquela loucura toda sem reagir. É que Rosali era um espetáculo de mulher, dessas que você começa a apreciar pela manhã e só se dá conta que o dia se pôs quando ela pergunta com aquele jeitinho: "Por que está me olhando assim?".

Os olhos se arregalam, o queixo cai e a baba escorre pelo tapete. Rosali era assim e me amava, ao modo dela, mas me amava. Seus beijos eram uma loucura, seu corpo cheiroso uma perdição e realmente me perdi completamente naquela contramão da vida. Rosali era muito ciumenta e problemática, como quase todas as mulheres que conheci. Sentia-se insegura e por isso sonhava que eu a traía. Sua auto-estima andava meio em baixa por conta de um relacionamento mal-sucedido antes do nosso, havia perdido o emprego, engordado dois quilos e passado dos trinta. Praticamente uma desgraça.

Ainda mais, quando se apaixonou por mim resolveu depositar toda sua expectativa de felicidade em cima do nosso relacionamento. Senti o peso. Queria só passar bons momentos com aquele esplendor de mulher deitando naquela carne nada seca que enlouquecia a zona Sul e o centro da cidade, passando por Botafogo e Flamengo. Um dia Rosali cismou com a vizinha de baixo, outro espetáculo de mulher, mas que eu nem olhara tanto assim. Sabia que era um espetáculo porque depois de certa idade o faro nos aponta para esse julgamento. Nem precisa olhar: é só sentir o perfume e imaginar o jeito de caminhar. Elza era isso e muito mais, mas eu não sabia do "muito mais". Subimos no elevador e Rosali farejou que aquele perfume era um desvio para o mau caminho. Para mim, era até meio enjoativo. Projetava uma mulher excessivamente dócil, meiga, adocicada e dengosa – tudo que um homem detesta numa mulher. Quando chegamos ao nosso andar Rosali estava transtornada, como se eu a tivesse traído ali no elevador, entre o quarto e o quinto andar. Saltamos em silêncio e, antes de as lágrimas rolarem, ela iniciou um discurso de destino, solidão, "homens são todos iguais e mulheres não aprendem" que imaginei o que viria pela frente. Naquela noite dormimos sem sexo. Foi difícil, porque Rosali se fez de difícil.

Mas assim mesmo adormeci. Acordei apanhando sem saber por quê. Quase tive uma síncope. Pulei da cama enquanto ela, ainda com o rosto enfiado no travesseiro, suspirava e gritava entre lágrimas que eu tinha tido a coragem de transar com a vizinha. Eu não entendi. Olhei em volta, fui até o banheiro lavar o rosto e voltei para o quarto no momento em que um cinzeiro voava em minha direção. Abaixei a cabeça e Rosali mandou o controle, que me atingiu em cheio na testa. A TV ligou e Xuxa cantava Ilarilariê ô-ô-ô...!

Foi como tudo começou. Já são três meses que sou acusado de traição em sonho. É um fenômeno que nem Jung conseguiria decifrar. Nos dias em que ela não sonha, tem insônia. A cabeça viaja e, quando acordo, não me acusa – mas me olha como se eu tivesse feito alguma coisa proibida. "Andou sonhando e não quer me contar, não é? Homens! Vocês são todos iguais."

    Nossa relação durou ainda mais um pouco e, de tanto ser acusado de traí-la nos sonhos e isso esfriar nossa relação, acabei traindo-a com a vizinha, a Elza, num dia em que usava menos perfume, menos roupa, menos pudores. Foi uma loucura que começou no elevador e terminou na área de serviço de Elza, não sei por quê. Depois disso entrei em casa culpadíssimo. Liguei para Rosali e contei tudo. Ela não acreditou, disse que eu estava querendo desviá-la do verdadeiro foco de nossas desavenças, que era o que ela sonhava e não o que ela fazia. Terminei tudo com ela. Não era justo! Quem ela sonhava que eu tinha comido não me dava tesão algum. Ficava com a fama, mas não deitaria na cama.

A Que Você Não Conhece

Pior do que não saber com quem você foi dormir é não saber com quem você acordou – principalmente se, ao seu lado na cama, está deitado um verdadeiro monumento à mulher, ao sexo e ao prazer. Quer dizer, a mulher estava ali, dava pra ver – já o sexo e o prazer eu tentava me lembrar, mas honestamente não conseguia.

A visão daquele corpo me atrapalhava. Quando começava dos pés a explorá-la com os olhos na tentativa de lembrar de alguma coisa, me perdia na fantasia e na hipótese de não ter me aproveitado daquilo tudo. Meu corpo também nu não demonstrava nada. Olhei-me no espelho: nenhuma marca, nenhum roxo de chupão, nenhum arranhão lascivo por entre os pêlos do meu peito. Meu membro já não mais tão flácido diante daquela visão, assim meio de longe, estava normal. Nenhuma secreção, nenhuma marca de batom – ah, quem me dera! – mas ela não usava batom.

    Respirei aliviado e tentei me lembrar da noite anterior. Aonde fui, com quem saí, onde estava agora? Isso, onde estava agora? Aquela não era a minha casa. Não reconhecia os móveis ou havia bebido demais. Uma cômoda cor-de-rosa eu não teria e a minha cama era muito menor do que aquela. Levantei-me assustado e olhei rapidamente pela janela. Não queria perder um segundo sequer daquela visão inesquecível. Meu Deus! Onde estou? Só via prédios e mais prédios, antenas e um enorme *outdoor* com uma foto da Rita Lee e seu novo disco. Claro, agora a ficha caiu. Eu estava em São Paulo. Tinha vindo na tarde anterior encontrar um cliente. O vôo atrasou, o cliente não pôde me receber, adiamos o encontro, fui para um bar ali na... adiamos o encontro para hoje. Meu Deus, que horas seriam???

    Meu relógio na mesinha de cabeceira dizia que eram nove e quinze, sem acordo. A reunião estava marcada para às nove e meia. Tinha de voar. Infelizmente, tinha de sair dali. Não quis acordá-la para não me atrasar ainda mais. Confesso que também tinha medo de descobrir que era tudo um sonho, ou que ela não me reconhecesse. Ou que, ao abrir os olhos, começasse a gritar e chamasse a vizinha, o porteiro ou a polícia. Melhor era ir à reunião e deixar essas questões para depois. Sobrava ainda um pouco de sensatez, mesmo diante de um pecado tão mortal e imperdoável.

    Catei minhas roupas e saí voando. Passei por um porteiro, saí do prédio e diante de mim parava um táxi para largar um passageiro. A sorte estava do meu lado. Voei para dentro do veículo, dei o endereço e terminei de me arrumar. Nem havia feito a barba. Minha camisa estava amassada – mas sem marcas de batom, pelo menos. Tentei me ajeitar no espelho retrovisor do motorista, que me olhava desconfiado. Sorri pedindo desculpas, recostei no banco e relaxei pensando naquela mulher. Como teria sido nossa noite? Teria tido eu uma performance de campeão? Quantas vezes eu teria gozado? E ela? Puxei pela memória, mas só me vinham as inúmeras caipirinhas que havia bebido, de todos os sabores.

Abri a janela para não vomitar e percebi que estávamos parados num dos inúmeros engarrafamentos de São Paulo. As pessoas se cumprimentavam e pelo rádio dos carros o Padre Marcelo Rossi rezava uma missa para os engarrafados. Os motoristas sorriam uns para os outros num gesto de harmonia e confraternização que só uma cidade grande pode proporcionar. Fiz o sinal da cruz e rezei para aquele engarrafamento andar. Minha hora já tinha passado e eu ainda estava longe do endereço. Quis fumar, mas não fumava. Imaginei descer do carro e ir a pé, mas não imaginava onde estava. Olhei para o relógio e vi que a parada estava perdida, a não ser que meu interlocutor estivesse no mesmo engarrafamento ou em outro. São Paulo nesse aspecto é uma cidade generosa. Confiei nisso e quando cheguei ao encontro às dez e quinze vi que estava errado. Ele morava ao lado do escritório e já tinha saído. Esperou até às dez, mas teve de pegar o helicóptero para ir a Alphaville. Claro, me parecia justo. Quem tem helicóptero deve morar ao lado do escritório. Economiza combustível.

Desolado e calculando quanto havia perdido em reais naquela possibilidade de trabalho jogada fora, fui embora. O elevador desceu no ritmo da depressão em que eu estava. Quando chegamos ao térreo, meia hora depois, decidi que a vida era bela, que uma passagem de ponte aérea afinal de contas não é tudo e que, apesar do desencontro, eu tinha tido uma noite inesquecível, mesmo não me lembrando. Respirei o ar puro daquela manhã cinzenta paulistana e decidi. Vou voltar pra lá, vou me jogar naquele ninho morno de amor, esquecer de tudo o que eu não quero mais lembrar e me entregar aos braços daquela deusa, porque se de lá eu levantei, posso muito bem para lá voltar.

Ergui o braço, chamei um táxi infalível de filme americano, entrei segurando minha *trench-coat* num braço e meu portfólio no outro e anunciei: Vamos para... para... (enorme pausa). O motorista virou-se para ver se eu estava bem e viu que eu não estava. Com a boca aberta eu começava a perceber que não sabia o endereço da felicidade. Entrei e saí de lá sem saber onde era. Tentei me lembrar da rua, alguma referência próxima, mas São Paulo não tem referências, só edifícios muito altos e todos parecidos. Não sabia nem o bairro, se era bairro, ou se era centro, se era virado para o poente ou para o nascente de um sol inexistente, pelo menos naquele dia. Desesperei. Nem o nome dela eu sabia. Nem se eu tinha transado com ela eu sabia. Eu não sabia de nada – afinal, nem se aquilo tudo era um sonho ou se eu havia imaginado tudo. Só ouvi falar de uma história parecida uma vez. Foi o Jaguar quem me contou. Sempre achei que ele a tivesse inventado. Até hoje.

"Para Congonhas, por favor", pedi para o motorista, totalmente desiludido e frustrado.

"Ih, doutor. O aeroporto está fechado. Vai ter de esperar."

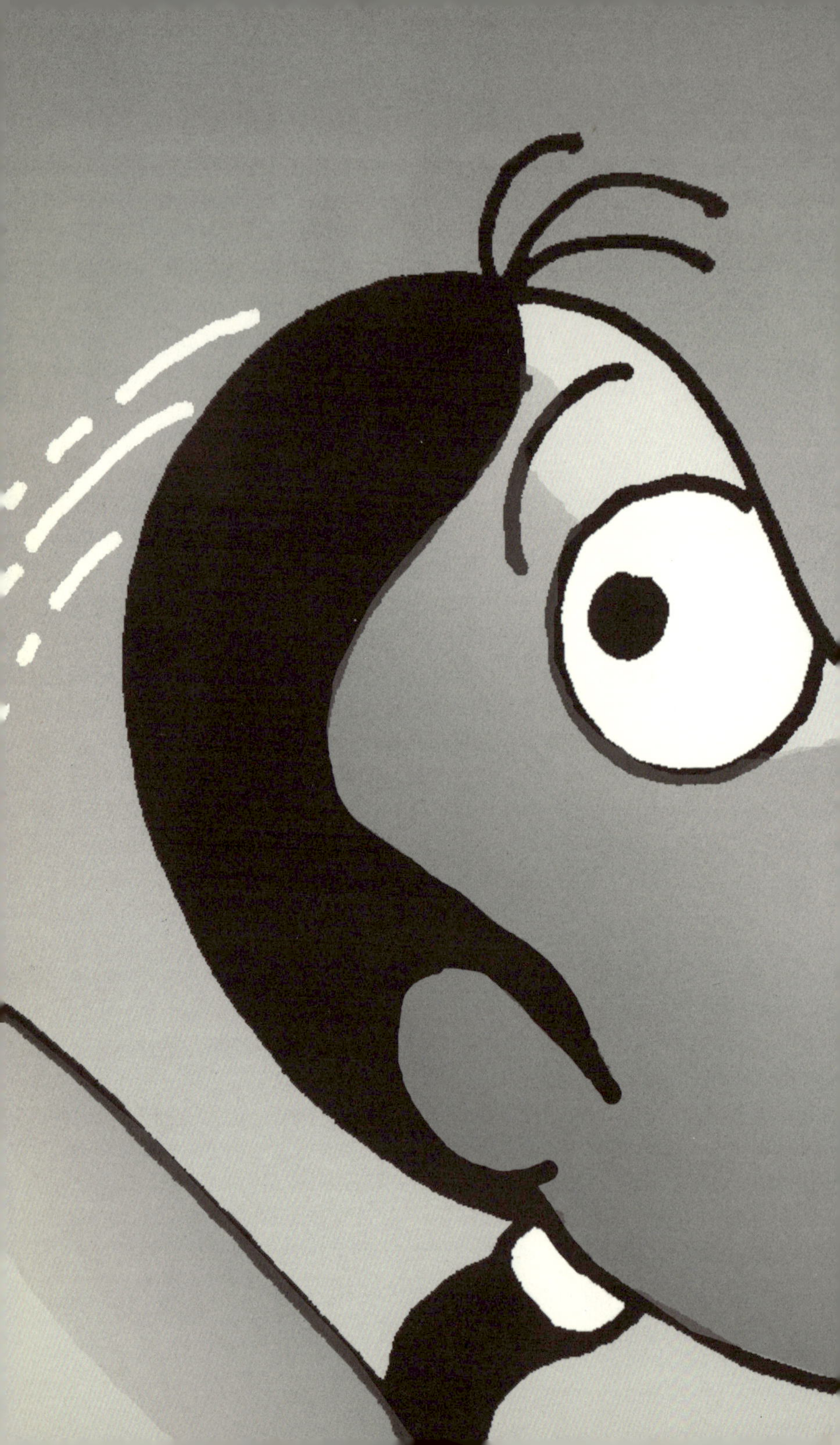

DORMINDO EM LUGARES ESTRANHOS

Na Casa Da Mamãe

Um homem de mais de quarenta anos como eu deve ter vergonha na cara antes de fazer certas coisas. Ligar para a mãe numa madrugada de sexta-feira porque não tem mais nenhum nome feminino disponível na caderneta de telefones, por exemplo, é uma vergonha – e eu fiz. Mamãe não se incomodou, mas eu percebi logo o ridículo da situação. Sobre o que poderíamos falar àquela hora para aplacar minha frustração de não ter conseguido sair com ninguém? Mas mamãe me entende, acha que nenhuma mulher será capaz de me satisfazer como ela, que nenhuma sabe cozinhar como ela ou adivinhar meus desejos. Não sexuais, é claro. Desses eu nunca falei com ela, apesar de ter tido vontade.

Quando me separei de Beth confesso que fiquei sem pai nem mãe, apesar de mamãe ter-se colocado sempre à disposição. Perdi o chão, não sabia o que fazer, principalmente para o jantar. Beth não fez concessões. Saiu de casa com Duda, nossa filha, e me deixou ali, com tudo, na maior solidão. Não quis levar nada, só para me agredir. Com isso, sobrou pra mim aquilo que eu nunca tinha feito: cuidar da casa, da empregada, da comida e de tudo mais.

Ela conseguiu me agredir. Não sabia o que fazer ali no meio daquilo tudo. Abria e fechava a geladeira, ligava o microondas, acendia o fogão tentando buscar uma resposta para aquilo tudo e nada. Me senti muito sozinho. Pedi uma pizza pelo telefone, só para conversar com o entregador. Dividimos a margherita e nossos dramas, mas de noite não agüentei: deixei a casa como estava e fui dormir na casa da mamãe.

Quando ela abriu a porta, parecia vinte anos mais moça. Provavelmente me via de cabelos ainda mais longos, barbas, calça jeans e uma mochila nas costas chegando de Mauá ou de Búzios, como costuma fazer. De fato estava cabeludo, barbudo e com uma mochila nas costas, mas vinha de casa, daquele lar destruído, onde o cheiro da minha mulher e da minha filha se sentia em cada gaveta que abria ou em cada calcinha que recolhia no chão do banheiro. Beth fez tudo isso de propósito. Queria provar pra mim que não precisava de nada para ser feliz, que não precisava mais da minha companhia para se sentir alguém, que não precisava do meu dinheiro para viver e que, pelo jeito, só precisaria de mim para escrever essa justificativa para o seu gesto. Eu, ingênuo, fazia.

Mamãe não concordava com nada que eu dizia tentando defendê-la. Fez um discurso contra todas as minhas namoradas, que primeiro me fez viajar ao passado e depois acabou por me fazer adormecer no seu colo, no mesmo sofá da minha infância, sentindo o mesmo cafuné na cabeça. Não sei o que sonhei, e nem precisava ter sonhado. Quando acordei no meio da noite para fazer xixi, tive de me segurar para não desmaiar. O quarto era exatamente o que tinha deixado quando saí de casa para cursar a faculdade e morar naquela república perto da Urca. Ela repôs, ou nunca tirou do lugar, todos os meus objetos mais queridos da juventude. Até uma bagana esquecida numa tampinha de Coca-Cola enferrujada estava lá. Não tentei fumar para evitar processos por apologia ao uso de drogas, mas me emocionei ao rever meus pôsteres do Jimi Hendrix, minha foto do Che Guevara e a página central da Playboy com a Bo Derek pregada nas costas da porta do quarto.

Perdi o sono, mas achei coisas de que não me lembrava mais. Minhas redações escolares, minhas flâmulas (alguém ainda coleciona flâmulas?), fotos do colégio, primeiras poesias, tudo ali arrumadinho, como se tivesse apenas voltado da escola. Chegava a ouvir o barulho da minha mãe na cozinha e o cheiro do Nescau batido que ela preparava antes de sair para a aula. Abri a porta e ela de fato estava na cozinha preparando o Nescau. Comecei a duvidar daquela realidade. Estava sonhando? Tinha voltado no tempo? Fumei aquele baseado e não lembrava?

Quando cheguei à cozinha mamãe me recebeu com um sorriso recuperado daqueles tempos. Estava realmente mais jovem. Sentamos juntos para tomar café. A sensação era estranha, mas muito agradável. Parei de tentar achar uma explicação para aquilo tudo e curti. Mamãe calçou minhas meias, fez massagem nas minhas costas e cafuné na cabeça, me fez comer dois sanduíches de queijo e beber o copo todo de Nescau. O estômago reclamava, a cabeça fervia, mas o coração gostava. Nem tentei conversar com mamãe sobre a separação. Não adiantaria. Ela iria me dar razão e disso eu não conseguia me convencer.

Acabei eu mesmo me dando razão, mas depois de anos de terapia e amadurecimento compulsório. Mamãe continua lá, pronta para me receber, mas hoje acho que minhas visitas são mais sociais. Quando apareço, nem entro no meu quarto. Já sugeri até que ela o transformasse num quarto de costura. Ela desconversa, fazendo um som com os lábios fechados. Sorri para mim como se soubesse que um dia ainda vou precisar dele. Aquilo me dá um frio na espinha, mas quem vai convencê-la do contrário? Sua sabedoria psicanalítica intuitiva mais seu coração de mãe a tornam imbatível e, diante daquele Nescau de manhã, que casamento resiste?

Na Praia

Perguntado sobre sua fantasia sexual, quase todo artista acaba respondendo: "Transar numa praia deserta". Pois eu digo que pode ser muito desconfortável. A areia servindo de antilubrificante, os mosquitos, a água fria da maré subindo, os bichinhos da areia que entram em qualquer buraco e os farofeiros indesejáveis acabam sendo fatores cruciais na quebra desse desejo. Depois, em todas as tentativas que fiz de transar numa praia deserta, a praia acabou se revelando habitada – ou de pescadores curiosos, passantes sem ter nada melhor para fazer, corredores incansáveis e até índios da tribo pataxó que tentavam fazer a mesma coisa sem se preocupar se a praia era deserta.

Mas um céu todo estrelado e a água morna das praias desertas são um convite irresistível para o sexo ecológico. Digo ecológico porque muitas coisas precisam ser preservadas numa empreitada dessas. Primeiros as tartarugas. Praias desertas normalmente são viveiros de tartarugas e essas, por seu lado, vigiadíssimas pelo Ibama – o que torna os amantes da praia suspeitos de atentado contra a vida marinha. Já tive de me esconder de uma tropa de elite do Ibama que caçava seqüestradores de tartarugas numa praia da Bahia. Outra coisa que precisa ser preservada é a higiene. Todo cuidado é pouco quando você pode ser atacado por águas-vivas, tatuís ou *jet-skis*. Todos ameaçam sua integridade física e, com os órgãos sexuais à mostra, a ameaça é torturante só de imaginar. Outra vez na Bahia (de repente foi a mesma vez, mas estou querendo melhorar minha performance em números), no meio do sexo oral onde o único problema era não engolir a água salgada, fomos abordados por um inconveniente piloto de *jet-ski* que insistia em passear perto de nosso ninho de amor quando tinha toda uma lagoa natural formada por arrecifes a seu dispor. Só que um casal pelado ele só encontrava ali. Afundamos no mar até que ele, sem graça, se foi – mas não foi dessa vez que consegui meu primeiro orgasmo ecológico. É difícil gozar com todos aqueles peixinhos rondando em volta do seu pau e olhando com cara de sacana. Mas valeu a tentativa. Voltamos para o hotel com as costas ardendo e o tesão frustrado.

    Outra vez, e foi outra vez mesmo, decidimos tentar de novo – mas dessa vez equipados com toalhas, lanternas, camisinhas, uma garrafa de vinho, *discman*, cigarros comerciais e de arte, maiôs e calções, frutas secas e vários hóspedes do hotel, que pensaram a mesma coisa e saíram ao mesmo tempo. Como não era um desses *resorts* de sacanagem que existem no Caribe, nós sorrimos sem graça e voltamos para as dependências do hotel, onde rolava um forró arretado. Em outro hotel o vigia controlava a saída dos hóspedes para a praia depois que escurecia. Questões de segurança. Em mais umas doze tentativas, havia sempre alguém chegando ou partindo, num revezamento invejável e num empata-foda de matar. Mudei de namorada três vezes e nunca consegui. Foi só depois de muito tempo, passado um casamento, vários namoros firmes, um período de reclusão, uma depressão e um ano sabático que consegui finalmente transar com alguém na praia. E pasmem: foi no Rio de Janeiro, em plena praia de Ipanema e de dia.

Juliana era minha vizinha. Acompanhou da janela todos os lances da minha separação. Encontrávamos no elevador e trocávamos olhares significativos, que revelavam o estado das coisas. Ela sorria ou demonstrava uma tristeza solidária que me enternecia. Juliana era professora de ginástica. Era baixinha, mas toda certinha: um par de coxas roliças, um peitinho mínimo de carioca que malha, cabelos morenos e enrolados e uma cara de sacana que só certas mulheres que vivem sozinhas sabem ter. Uma tentação ambulante. Meio cachorra, meio gatinha, mas totalmente putinha na nossa imaginação.

Juliana ia sempre à praia aonde eu também ia quando me cansava de querer ser intelectual. Adoro correr na areia e ela fazia a mesma coisa. Só que ela corria de verdade, eu concentrava, mas não corria. Fazia pose, alongava e depois sentava olhando o pôr-do-sol enquanto Juliana ia até o Arpoador e voltava – ou seja, fazia quatro quilômetros enquanto eu só me alongava. Mas ela voltava e sentava ao meu lado. Olhávamos o crepúsculo em silêncio e, depois, como quem ainda dividia aquela cumplicidade silenciosa, íamos embora.

Um dia, que chovia, disse pra ela que finalmente tinha me separado. Ela sorriu e foi correr. Eu fiquei alongando meus pensamentos e meu olhar para ver se a via voltar. Quando me perdi nos pensamentos e no cocô das gaivotas nas Ilhas Cagarras, ela sentou do meu lado e pegou na minha mão. Estava suada, com aquele corpo mignon todo molhado coberto apenas por um minúsculo biquíni. Até chegar ao seu olhar solidário, levei um bom tempo escorregando por aquelas curvas. Juliana esperou com paciência e, quando estava chegando a seus olhos, me convidou: "Vamos dar um mergulho?".

O dia estava feio, mas quente. A praia, quase deserta. Pegou-me pela mão e me puxou para o mar, que estava calmo como mar depois da tempestade. Algumas crianças brincavam com baldinhos na beira do mar. Uma babá vigiava seus pequenos enquanto um casal discutia chupando um picolé. Ninguém reparou quando mergulhamos e começamos a nadar. Sem trocar palavra fomos nos afastando e buscando um lugar onde ninguém nos olhasse, nem por acaso, da areia. Paramos num ponto onde ainda dava pé e começamos a nos abraçar, a nos tocar, a nos beijar – e já não nos preocupávamos se alguém nos via. Tirando o Cristo Redentor que continuava impassível olhando para a praia de Botafogo, ninguém nos via. Continuamos a nos tocar e a nos agarrar, como se fosse a mais confortável das camas. O mar jogava suavemente, nos ajudando nos movimentos dos corpos. Tiramos o que tínhamos de pano, enfiamos nos braços e partimos para o sexo mais harmonioso, delicado, suave e ecológico da minha vida.

No meio da transa me emocionei com a solidariedade de Juliana que percebeu o momento delicado que eu vivia. Fiquei com mais tesão, que é assim que eu me emociono sexualmente. Novamente, só com uma troca de olhares concordamos que sem camisinha eu tinha de ser esperto. E fui. Fui no momento certo, boiando nas águas da praia de Ipanema com o auxílio luxuoso das mãos e da boca de Juliana, já satisfeita não só pelo orgasmo anterior ao meu, um orgasmo maduro, decidido, controlado, como pela boa ação que acabava de fazer. Gozei gritando para as gaivotas que nos assistiam e alguém na areia achou que estava me afogando. Acenei que estava tudo bem, colocamos nossos maiôs e voltamos para a praia.

Juliana me deu um beijo e disse que ia correr mais quatro quilômetros. Eu disse que ia alongar e tentei alongar na minha cabeça aquele encontro mágico. Continuamos nos encontrando por vários meses, ali na praia ou no seu conjugado da

General Osório. Nunca mais repeti a transa na praia e acredito firmemente que no Brasil ou no mundo não existam mais praias desertas. Vai ver que é por isso que as pessoas sonham tanto. Eu confesso que prefiro uma cama macia, com lençóis limpinhos e vista para o mar.

No Carro

Dormir em carros não está ligado a transar em carros. Normalmente quem transa em carros é jovem sem recursos para motéis, desesperados ou viciados em *test-drives*. Já dormir em carros é especialidade de quem é pai, quando atinge certa idade e o filho começa a freqüentar festinhas. Não são mais matinês como antigamente, que começavam às quatro da tarde e terminavam no mais tardar às dez da noite. Nem dava tempo para esperar na rua, quanto mais dormir. Hoje os horários acompanham a precocidade dessa garotada e as festas varam a noite. Em alguns casos extremos, o café da manhã com bolo de chocolate e flocosa de milho é servido na hora em que a festa acaba. Certos pais aproveitam e dali emendam direto para o trabalho. Mas nos casos normais a festa termina justamente quando você está engrenado no sono dos justos.

Ficar acordado às vezes não funciona. A programação da TV é a mesma, os jornais já foram lidos, sua mulher caiu na cama sem nenhum apelo sensual e, se você não for mais casado, sua namorada não é trouxa de fazer companhia em dia que sua filha tem festa. A tarefa é sua e é você quem tem de organizar o esquema. Dormir e colocar o despertador é um tormento. Ele pode tocar e você não ouvir, ou pode ouvir e não se dar conta, achando que pode chegar atrasado ao trabalho enquanto sua filha o aguarda sozinha no meio da noite. Não, isso seria o fim. Melhor é ficar acordado até uma hora honesta e depois partir para o resgate. Ligar para a casa da festa é roubada na certa e mico para a filha. Não faça isso. Deve haver uma hora previamente estabelecida para pegar as crianças. Siga o padrão e não tente atencipar a volta da filha. No horário estabelecido parta para o endereço e se prepare para esperar.

No caso de Guta, minha filha, a idade das festinhas surgiu coincidentemente com minha separação de sua mãe – ou seja, sobrou pra mim o resgate, mesmo nos fins de semana em que ela não estava comigo. No princípio aceitei, depois não achei justo e reclamei. Mas hoje continuo fazendo a mesma coisa, porque não resisto à pressão das duas em cima de mim. Afinal, para esperar um filho no meio da madrugada em algum endereço perdido da cidade só mesmo um homem.

Somos praticamente uma comunidade. Os pais que buscam seus filhos nas festas são sempre os mesmos e chegam sempre com o mesmo espírito de sacrifício estampado na cara. Estacionamos nossos carros e, como motoristas de praça esperando no ponto do táxi, batemos nossos papos triviais sobre filhos, futebol, mulheres e política. Quando já estamos apelando e falando dos problemas pessoais, a festa acaba. Somos salvos pelos filhos, que saem em debandada gritando e comentando a festa que acabou de acabar. Cada um entra no carro de seu respectivo pai ou de quem vai dar carona e partem.

A carona é um problema à parte, do qual não conseguimos escapar. Um dia você leva, mas sabe que outro dia será o pai da amiguinha de sua filha que a trará em casa. O fato de coincidir sempre um endereço longe do seu para levar a criança quando é a sua vez, ou Freud explica ou é impressão sua. Já cruzei a cidade de madrugada para deixar uma Patricinha, ou um Juquinha em casa para uma mãe ou um pai agradecidos por não terem precisado sair. Nas vezes que alguém deu carona para Guta, ela estava dormindo na casa da mãe. Mas é um sistema de rodízio que funciona à perfeição.

Existem outras festas de amigos do balé, do curso de inglês ou do clube em que a comunidade não é a mesma. Se o lugar for seguro, tipo diante de uma delegacia ou dentro de um condomínio estreitamente vigiado, você pode até tirar uma soneca e ser acordado por aquela gracinha da sua filha batendo no vidro do carro.

"*Demorô*, pai."

Você não sabe se ela está simplesmente demonstrando alegria por te ver ou reclamando do atraso. Volte para a real mesmo que o sonho interrompido esteja maravilhoso, sorria e cumpra seu papel de pai. Se o lugar for ermo e perigoso, você estará a mercê do atraso da filha ou de um assalto perdido. A prudência manda criar toda uma estratégia de guerra. Um celular para você, um celular para a filha, uma ligação para a casa onde a festa acontece, um levantamento no local, uma volta no quarteirão antes de abrir a porta, resgatar a vítima, digo, a filha, e partir em disparada, rezando para não ser parado por uma falsa blitz.

Mas tente não passar para ela esse descontentamento, esse sacrifício noturno, para não deixá-la traumatizada. Afinal, ela entra no carro tão feliz, sorrindo e cantarolando as músicas que dançou na festa, que não seria justo que você, um marmanjo que já armou todas em festas no passado, vá agora frustrar as alegrias da menina. Coloque o encosto na posição vertical, ligue o carro e sorria – afinal, ainda lhe restam três horas de sono reconfortante até a hora de acordar para trabalhar. Quer mais do que isso?

No Ônibus

Sem sexo, até que já dormi em lugares bastante inusitados. Adoro dormir na cadeira da minha dentista, por exemplo. Ela às vezes precisa me cutucar para que eu abra ou feche a boca de acordo com sua necessidade. Durmo de sonhar e não sei se já revelei algum segredo impublicável entre uma restauração e um reembasamento. Já dormi no teatro e fui acordado pelas pessoas que deixavam o local e esbarravam nas minhas pernas. Já dormi em avião – pouco, mas dormi. Normalmente fico acordado contando as nuvens ou as estrelas. Já dormi em entrega de prêmio, em palestra, em missa de sétimo dia, em casamento e em concerto de música clássica.

Com sexo já é mais difícil em lugares assim tão estranhos, mas além desses todos que já enumerei aqui um dos mais excitantes foi no ônibus da Viação Cometa, entre São Paulo e o Rio de Janeiro. Ônibus leito, é claro, porque vem com cobertor e um pouco mais de privacidade. Eu ainda era um jovem e promissor (e promissor sou até hoje) artista gráfico voltando de São Paulo, aonde fui ver a Bienal. Naquela época, ponte-aérea era coisa de rico e uma viagem a São Paulo saía mais caro do que uma passagem de ida e volta para Miami. Como pobre e modesto profissional liberal me dava ao luxo de ir de ônibus leito, o que me transformava de certa maneira num privilegiado rodoviário. Nessa época, as companhias estavam investindo muito nessa categoria de viagens. O trem para São Paulo estava desativado e os ônibus caprichavam no serviço: rodomoças, biscoito cream-cracker e Coca-Cola morna. Mas já era alguma coisa. Uma parada somente, em Itatiaia, e quase conseguíamos dormir antes de avistar o nosso destino.

Na ida foi tudo tranqüilo. Passei dois dias em São Paulo e, na volta, cansando de tanto circular na Bienal, entrei no ônibus e apaguei. Acordei com uma mão que me apalpava bem ali, no sexo, sem a menor cerimônia, entre Taubaté e Guaratinguetá. A mão vinha por debaixo do cobertor e se juntava a uma moça loura, dos seus vinte e poucos anos, que, pelo rosto sereno, dormia e sonhava, provavelmente com alguém que não era eu. Passado o susto, olhei em volta e vi que todos dormiam. Estávamos numa das últimas poltronas. Ao nosso lado, uma freirinha dormia com o terço nas mãos. À sua frente uma jovem mãe com o filho no colo, e na nossa frente um casal de velhos. Todos dormiam. Nem olhei para trás com medo que meus vizinhos pudessem perceber alguma coisa. Minha amiga continuava passando a mão em mim. Facilitei seu trabalho e coloquei sua mão por dentro da barriguilha. Ela se ajeitou na poltrona e continuou, agora com o rosto apoiado no meu ombro. Confesso que a situação me excitava pelo inusitado, mas não me dava muito prazer. A mão se movimentava meio sem espaço e meu pau mais reclamava do que gostava. Mas quem iria recusar uma situação daquelas?

Olhei bem para ela, uma gracinha com um rosto angelical, a pele clara e um leve sorriso nos lábios. Levantei suavemente o cobertor para ver o resto da minha generosa amiga e não me decepcionei. Uma superminissaia cobria apenas a parte superior de suas pernas, que ela mantinha bem juntas, com a outra mão no meio. Então percebi que não era um gesto impensado: ela tirava proveito. Com cuidado tirei a sua mão daquele lugar e coloquei a minha, que se arrepiou toda quando entrou em contato com aquela pele quente e úmida. Tive a impressão de que ela abriu os olhos e me viu. Preferi não conferir. Recostei na poltrona e comecei meu trabalho de garimpeiro do prazer naquela mina escura e funda. Sorríamos os dois, agora que as posições haviam se tornado mais cômodas. Eu fingia que não a via e ela também. Chegamos ao orgasmo quando o ônibus passou por um buraco muito fundo. Gritamos junto com os outros passageiros, que acordaram e começaram a protestar. Recolhemos nossas mãos e não abrimos os olhos. Continuamos ali naquele fingimento, tentando avaliar o dano daquela ejaculação rodoviária. Usei o cobertor para tornar tudo um pouco mais seco. O ônibus seguiu e todos voltaram a dormir.

No silêncio nossas mãos se encontraram novamente. Viramos nossos rostos, nos olhamos e sorrimos. Sem nada combinado, nos levantamos lentamente e fomos até o toalete do ônibus. O cheiro era aquele de sempre e o espaço parecia menor ainda quando nós dois entramos juntos. Decidimos não avaliar nem possibilidades concretas de fracasso, incluindo o pouco espaço. Ela se apoiou na pia e eu sem pestanejar me encaixei, ainda aproveitando o embalo provocado pelo péssimo estado de nossas rodovias. Achamos uma maneira de compensar o balanço do ônibus com o nosso balanço. Foi rápido e intenso. Nos agarramos na pia numa freada, nos apoiamos na parede numa ultrapassagem e quase perdemos a concentração quando alguém bateu a porta. Por sorte estávamos já na beira do abismo. Gozamos os dois em harmonia total. Lá fora a pessoa continuava a bater à porta. Nos ajeitamos e abri a porta. A freirinha nos olhou com cara de santa, nos sorriu e nós saímos de mãos dadas. Não resisti e disse no ouvido dela. "É minha mulher. Está no quinto mês. Enjoa muito." Ela sorriu e entrou no toalete, concordando.

Voltamos para a poltrona e nos cobrimos. Ela se aninhou ao meu lado e eu ofereci uma bolacha. Comemos os dois sem dizer uma palavra e adormecemos. Quando acordei, o ônibus entrava na rodoviária do Rio. Minha parceira de sexo já estava lá no banco da frente, pronta para saltar. Deixei o ônibus parar e tentei me aproximar. Ela desceu e correu em direção a um rapaz alto e moreno, que a aguardava na plataforma. Os dois saíram abraçados diante da minha perplexidade e da freirinha, que ao meu lado balançava a cabeça sem saber o que dizer. Respirei fundo e não resisti novamente ao passar por ela: "Enjoou de mim também. Fazer o quê?". E me afastei. Ela fez o sinal da cruz e continuou rezando. Noivas de Cristo jamais passam por isso.

Numa Barraca

Para mim, definitivamente, a vida não é um camping. Passei toda a minha juventude resistindo à idéia, que na época era moda, de acampar. Até entendia que essa era uma maneira de ludibriar a falta de recursos ou alternativas para transar. Os motéis eram esparsos; e a verba para o sexo, inexistente. Como poucos tinham carros a idéia era usar esses poucos carros como meio de transporte para locais paradisíacos e cheios de mosquitos, onde se acampava.

Imaginem, à luz da maturidade, o sexo que se conseguia nessa época. Quando somos jovens não julgamos quem está do nosso lado com olhares clínicos mais severos. Somos todos jovens e não conseguimos imaginar corpos com outras características que não aquelas. Mais ou menos bunda. Mais ou menos peito, sem nenhum aprofundamento ou requinte. Portanto, o sexo era o que restava entre uma apreciação de bunda e outra. Se fosse na cabana ou em cima da alavanca de câmbio de um fusca, fazia pouca diferença. Tínhamos de transar e ponto. Sendo assim, acampar era quase que a suíte presidencial do Plaza de Nova York: um luxo. Se a cabana fosse de qualidade e não entrasse água ou insetos indesejáveis, aí era a glória.

Participei de poucas experiências desse tipo na minha juventude. Como garoto precoce que fui, logo aos dezoito anos fui morar sozinho. Com o pouco dinheiro que conseguia com biscates gráficos aqui e ali, pude montar uma *garçonière* invejada e desejada por todos os meus amigos adultos e casados. Uma espécie de "Se meu apartamento falasse" carioca. Várias vezes tive de deixar meu sacrossanto e diminuto lar para ceder meu colchão a algum maroto quarentão casado pulando a cerca no meu quintal. Mas são ossos do ofício. O prazer de ter minha própria casa era maior: um colchão macio, um teto, uma cozinha com fogão e geladeira e a possibilidade de poder dormir uma noite inteira e não acordar com uma aranha passeando na barriga ou uma goteira no nariz. Mas na juventude tudo é alegria. O mais grave são os adultos, barba na cara, filhos e emprego estável que continuam curtindo a instável vida nos campings.

Marieta era sócia do Camping Clube do Brasil. O primeiro e último fim de semana do nosso namoro improvável foi em Mauá. Marieta era pesquisadora e totalmente pós-hippie. Eu, vocês já sabem quem me tornei. Acampamos aos pés de uma montanha enorme, ao lado de um riacho, pertinho de um monte de bosta de vaca, com vista para o cinza que a chuva formava e em frente à pousada mais confortável do lugar. Mas Marieta era promessa pura. Imaginar aquele corpinho de gata grudadinho no meu, mesmo naquela cabana diminuta ou talvez por causa disso, era excitação pura. Ela era toda delicada, toda pura, toda pequena e talvez por isso mesmo coubesse tão bem na cabaninha. Afinal, sendo generoso com meus problemas, um pôr-do-sol ali naquela montanha, mesmo sem sol, mas agarradinhos, sozinhos – o camping estava vazio, é claro. São poucos os fanáticos que acampam em Mauá com chuva – parecia prometer prazeres novos.

Acredito no imprevisto e estou sempre aberto às novidades, mas o desconforto era total. Quando a noite chegou, eu nem vi. Estava tão escuro por conta do temporal que só consegui me recolher na cabana ao lado de um copo de Sangue de Boi, o único líquido parecido com vinho que achamos na vendinha mais próxima, um pedaço de sanduíche de queijo e aquela coisinha graciosa e friorenta do meu lado. A umidade era tanta que Marieta não quis tirar nem a luva. Como fazer para comer uma mulher com luvas que não seja a Audrey Hepburn em Bonequinha de Luxo? Mas quem seria tão doente para querer comer a Audrey Hepburn? Aquela era mulher para casar e admirar. Sexo, nem pensar.

Mas lá estava eu com a Marieta, coberta dos pés à cabeça, com frio, espirrando, sentindo arrepios e tonturas, com um copo de plástico nas mãos cheio de Sangue de Boi, a chuva torrencial lá fora alagando tudo que parecesse terra firme e eu, aos quarenta e poucos anos de idade me vendo ali, sem o menor senso crítico, afundando no próprio ridículo da situação. Mas sou um cavalheiro e jamais poderia sair dali correndo como eu desejava, e abandonar Marieta ao ataque assassino dos vírus que começavam a nos cercar. Dali a pouco, por solidariedade ou queda de defesa, também fui atacado. Comecei a espirrar feito louco e logo, logo estava deitado ao lado de Marieta, dividindo uma caixa de papel Yes e partilhando meus vírus com os dela. Só não transamos por absoluta falta de força, mas que o momento era quase erótico, não posso negar.

Voltamos para o carro logo que amanheceu e, entre poças e alagamentos mais sérios, conseguimos achar a estrada de volta. Foi um suplício que só terminou quando passamos por Nova Iguaçu e o sol voltou a brilhar nas encostas do maciço da Tijuca. Deixei Marieta na Ilha do Governador e fui para casa. Passei por dois blocos e um arrastão, mas o sol no Rio continuava a brilhar como se nada disso tivesse acontecido. Olhei para ele, ele olhou para mim e ganhou a disputa. Estacionei em um lugar proibido entre Ipanema e Leblon e mergulhei no mar para aplacar aquele calor, a gripe em construção e o desconforto daquela noite de torturas e tonturas nas montanhas de Mauá. Acampar nunca mais. Se Marieta quiser dividir comigo uma suíte no Ceasar Park, quem sabe? Se não tiver goteiras...

Com Um Homem

Tirando alguma fantasia pan-sexual que possa ter tido pela vida afora, motivado pelo alto índice etílico ou pelo entusiasmo de algum sexo mais arrojado e despudorado, nunca dormi com um homem. Quando criança dividi a cama com amiguinhos sem nenhuma conotação sexual e, como não fiz serviço militar, minha experiência de dormir com alguém do mesmo sexo se limitava a um companheiro de classe turística num vôo interminável entre o Rio e Lisboa, em que me vi obrigado a chamar o comissário para tirar aquele corpo inerte e adormecido de cima de mim. Fui transferido para a classe executiva, o que me deixa uma boa lembrança daquela experiência quase homossexual. O gordo que ia para o Porto nem acordou para se dar conta do que havia provocado, mas ao fim do vôo tentei encontrá-lo para agradecer e não consegui. Devia estar sendo reanimado pelos paramédicos.

Alguns anos antes, durante uma temporada na Europa, fiz amizade com uma alemã fogosa chamada Monika. Ela trabalhava numa galeria de arte e se divertia muito fazendo sexo com os amigos. Monika realmente gostava do que fazia e atropelava os amantes com sua criatividade e iniciativa. Ou você acompanhava ou ficava literalmente com o pau na mão. Monika não se fazia de rogada e, pelo jeito, não lhe faltavam homens. Liberal como era passou a ser minha musa erótica e libertária daqueles anos. Para minha sorte, Monika gostava de mim e do que sexo que eu fazia, porque duvido muito que ela repetisse a dose com quem não a satisfizesse. Nos encontramos várias vezes e nos intervalos de nossas performances quase acrobáticas contávamos um ao outro nossas histórias. Monika, segundo ela mesma me disse com todas as letras, gostava de orgias e sexo anal. Não sei por que encarei aquilo como um desafio. Se engana quem acha que o sexo anal é a maior fantasia de um homem em relação à mulher. Do mesmo jeito que nos atrai, nos amedronta. E se não conseguir? E se for difícil? E se ela não gostar? E se doer muito? E se eu não gozar? Bem, diante de tantas questões, às vezes é mais fácil optar por um tradicional papai-e-mamãe. Se juntarmos a isso à disposição de Monika para o sexo grupal, o desafio se torna quase uma prova de fogo. É claro, pois a suruba deve incluir sexo anal e aí...

Monika vivia me convidando para suas orgias. Eu, desconfiado, preferia não me expor. Aquele sexo convencional com ela, que incluía posições da letra A até a letra N do Kama-Sutra, já me satisfazia. Mas homem não resiste. Parece que alguma coisa nos chama lá de dentro, lá do nosso âmago de machos, uma espécie de útero feito de couro de vaca com veludo cotelê que nos impele a gestos dos quais nos arrependemos no futuro, na maioria das vezes. Numa noite de inverno, por entre as brumas de Milão, lá fui eu comer Monika e sua turma sem ter idéia do que ia acontecer. Se garantir com a língua na hora do sexo é fácil (e uma solução se o pau não levanta), mas se garantir no sexo em outra língua, sendo esse sexo grupal, é muito mais difícil.

Mas Monika era o erotismo em pessoa e já no carro começou a me acariciar de maneira indefensável, como se estivesse me aquecendo para a subida no ringue. A casa era na periferia da cidade, metida a modernosa e com um salão de jogos, ou melhor, uma sala de estar enorme, destinada aos jogos eróticos, apesar dos móveis pesados e de mau gosto. Fazia muito frio e só começamos a tirar a roupa quando o aquecimento geral chegou a uma temperatura convidativa. Lá fora começava a nevar, e aqui dentro as roupas iam caindo por terra. Para deixar todos à vontade o casal anfitrião começou os trabalhos de sexo oral, enquanto uma perua espalhafatosa e vestindo só uma calcinha vermelha servia aperitivos. Ninguém se intimidou. Caíram de boca nos aperitivos e na Monika. Ela certamente era a mais querida das mulheres. Dois rapazes e uma moça a levaram dos meus braços e, em dois minutos, se encaixaram em todas as posições possíveis para dar prazer a uma pessoa enquanto gritos começavam a se espalhar pela sala. Os donos da casa se levantaram e a mulher escolheu um amigo de bigodes para começar a chupá-lo enquanto o marido tentava descolar um espaço na já ocupadíssima Monika. A luz se apagou e alguém começou a me apalpar. Deixei que a coisa se desenvolvesse e me entreguei àquele prazer inédito e ousado. Minhas mãos procuravam e encontravam outros corpos ao meu lado. Toquei pêlos, púbis, bundas, paus, peitos e bochechas até que consegui me encaixar numa quente e úmida xoxota. Ali fiquei trocando carícias com duas pessoas até que alguém me deu algo para beber. Fui me entregando ao vinho e a outros sucos, até que fui arrastado para uma enorme cama num quarto ao lado. Não conseguiria descrever o que aconteceu seguindo uma lógica narrativa. Acho que aconteceu de tudo e certamente me diverti – não sei bem como, mas me diverti. A luz se mantinha quase que apagada e com o passar do tempo distinguia corpos que me circundavam. Naquele carrossel de prazer e folia acabei adormecendo.

Quando acordei, senti que estava sendo abraçado carinhosamente por alguém. Abri os olhos e vi uma janela, com uma cortina entreaberta, duas mulheres no chão dormindo juntas e um cheiro de sexo no ar. Tentei me virar para ver quem estava encaixado em mim e vi, para meu espanto, que era o bigodudo que havia comido a dona da casa. Não havia mulher entre nós. Nossos corpos estavam colados, relaxados, a bem da verdade, mas colados. Entrei em pânico. O que teria acontecido ali naquela cama? Haveria alguém entre nós até alguns minutos atrás ou fui levado ao meu primeiro ato homossexual na vida sem ao menos poder julgar se foi bom ou não? Simplesmente não sei. Tentei me levantar para indagar alguma coisa, mas logo desisti. O bigodudo não me soltava e, depois, cá entre nós, não ficaria bem para um freqüentador de surubas internacionais perguntar numa língua diferente se havia transado com um homem ou não. Que coisa mais atrasada! Até hoje não sei se isso aconteceu ou o que aconteceu.

Meu corpo não reclamava, mas sexo é uma coisa muito mais ampla do que se imagina. Bebi de tudo e comi pouco. Acordei sentindo todos os gostos na boca e jamais conseguiria distinguir alhos de bugalhos. Dois dias depois, Monika quis de novo transar comigo. Não me sentia muito em forma, mas, pela estatística, não recusei. Quando cheguei, ela me olhou com cara de quem sabe o que eu gostaria de saber. Sorriu, deu pra mim, mas não me contou. Tudo bem, deixa pra lá. Não descobri a verdade da minha vida depois dessa suruba. Continuo gostando das mesmas coisas, mas não posso negar que já acordei na cama com um homem. Só não tive de dar nem beijinho nem bom-dia.

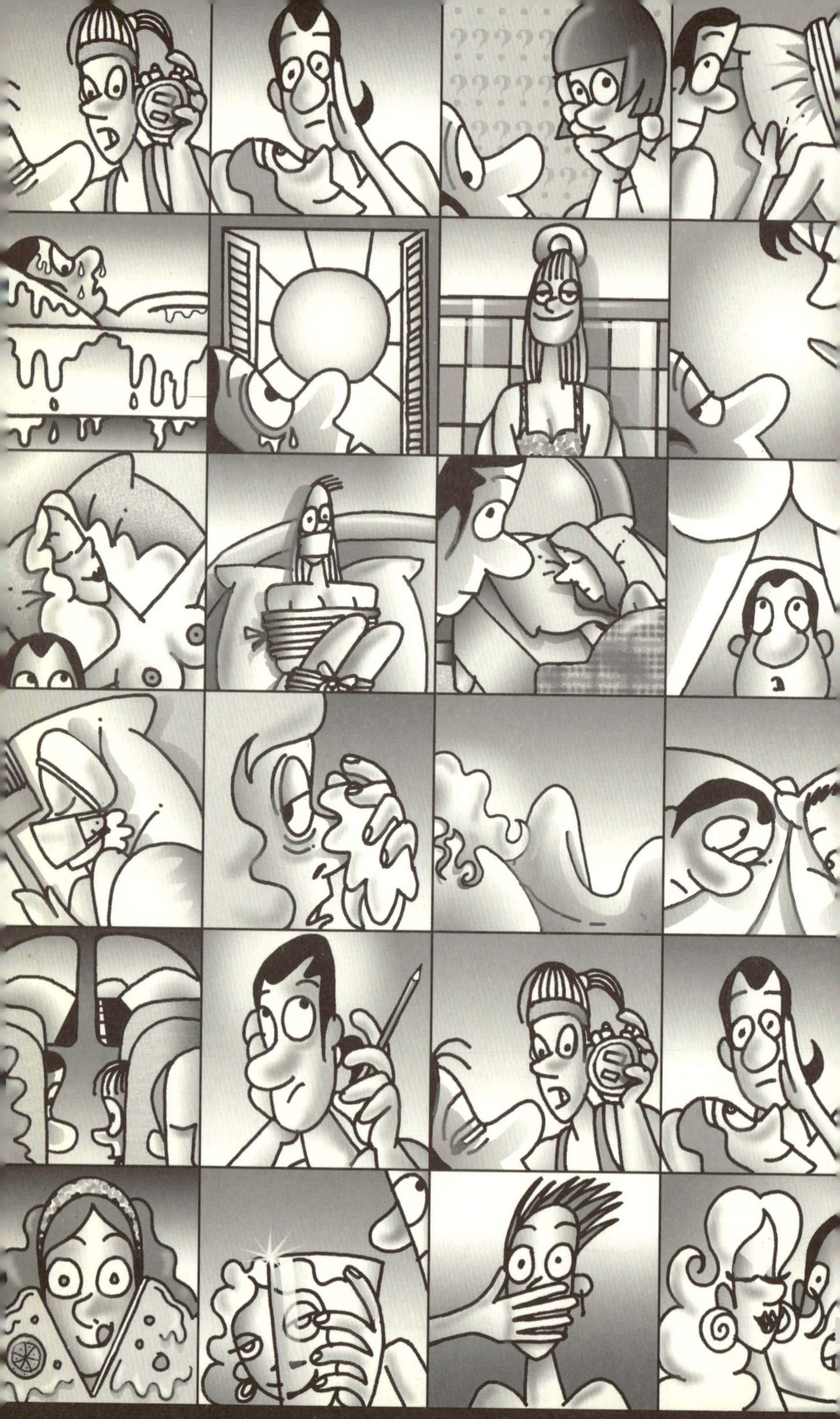

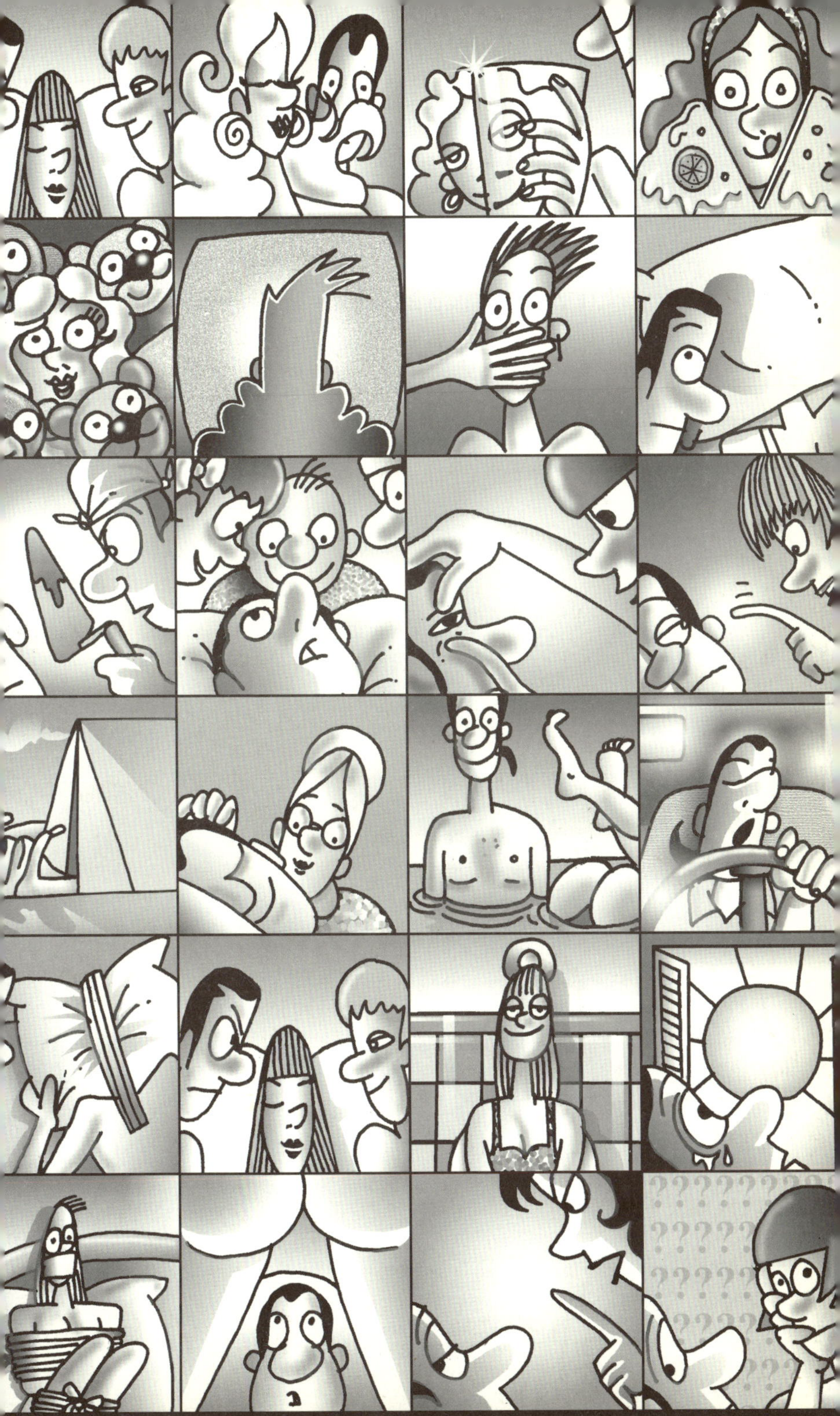

Impressão e Acabamento
na Gráfica Imprensa da Fé